U0025481

看插畫

20天

背熟新制多益

600核心單字

超好記

NEW TOEIC

similar

demand

NE Neungyule, Inc.・著

楊維芯／黃詩韻／關亭薇・譯

如何下載 MP3 音檔

MP3

寂天雲 APP

❶ 寂天雲 APP 聆聽：掃描書上 QR Code 下載「寂天雲 - 英日語學習隨身聽」APP。加入會員後，用 APP 內建掃描器再次掃描書上 QR Code，即可使用 APP 聆聽音檔。

❷ 官網下載音檔：請上「寂天閱讀網」（www.icosmos.com.tw），註冊會員／登入後，搜尋本書，進入本書頁面，點選「MP3 下載」下載音檔，存於電腦等其他播放器聆聽使用。

看插畫 20天 背熟新制多益 600核心單字

超好記

作　　者	NE Neungyule, Inc. Rob Webb（Check Up! B大題）
譯　　者	楊維芯／黃詩韻／關亭薇
審　　訂	Helen Yeh（Check Up! B大題）
編　　輯	楊維芯
校　　對	申文怡
主　　編	丁宥暄
內文排版	劉秋筑／林書玉
封面設計	林書玉
製程管理	洪巧玲
發 行 人	黃朝萍
出 版 者	寂天文化事業股份有限公司
電　　話	+886-(0)2-2365-9739
傳　　真	+886-(0)2-2365-9835
網　　址	www.icosmos.com.tw
讀者服務	onlineservice@icosmos.com.tw
出版日期	2023 年 11 月 初版四刷（寂天雲隨身聽APP版）

版權所有　請勿翻印
郵撥帳號1998620-0 寂天文化事業股份有限公司
訂書金額未滿1000元，請外加運費100元。。
〔若有破損，請寄回更換，謝謝。〕

Original Title: 토마토 토익 보카 600
Copyright © 2019 NE Neungyule, Inc.
All rights reserved.
Traditional Chinese copyright © 2019 by Cosmos
Culture Ltd.
This Traditional Chinese edition was published
by arrangement with NE Neungyule, Inc. through
Agency Liang

國家圖書館出版品預行編目(CIP)資料

看插畫20天背熟新制多益600核心單字(寂天雲
隨身聽APP版) / NE Neungyule, Inc.作 ; 楊維芯,
黃詩韻, 關亭薇譯. -- 初版. -- 臺北市 : 寂天文化,
2023.11 印刷
面；　公分
ISBN 978-626-300-223-4 (25K平裝)

1.CST: 多益測驗 2.CST: 詞彙
805.1895　　　　　　　　　　　112017748

序言

大部分的多益新手都是先從背多益單字開始準備考試，這代表多益的基礎便是單字。但是目前市售的單字書，所選單字和單字量大多是針對中高階學習者程度設計，這對於剛開始準備多益的初中級程度新手來說難度偏高，厚厚的書本也令人感到沉重負擔。因此我們特地為初中級新手量身打造適當的主題和分量，能更有效地集中學習多益單字。

為了讓學習者能在短時間內提升單字的學習效率，本書強調的重點如下：

1. 600個單字讓你考到多益600分！
分析過去十年來出現在考題中的單字，並收錄出題頻率高、達到多益600分必背的600個單字。

2. 輕鬆又簡單，學習零負擔！
一天30個，短短20天就能背完所有單字。同時配上有趣的插圖，以圖像聯想法協助學習者記憶，讓學習者輕鬆地記下單字。

3. 背完單字，記憶長長久久！
比起在短時間之內背下很多的單字，更重要的是讓它變成長久的記憶。每日學習結束後有**Check Up!**練習題幫助複習，並在新的一天開始前，有「**確認昨日單字**」的記憶小幫手，讓學習者檢視自我學習成效，並記得長長久久。

希望本書精心的設計能為學習者指引至一條更輕鬆簡單的道路，達成征服多益基礎單字的目標，發現快速背熟這600個單字並非難事。

本書架構與特色

1. 預習今日單字

列出今日學習單字中的重點單字，讓學習者搭配有趣的插圖一起學習。

2. 單字學習

❶ 單字

033 ★★★ —— **❷ 出題率**

□
□ **attend**
□ [ə'tɛnd]

❸ 自我檢測勾選框

(動) 出席，參加；上（學）

attendee (名) 出席者
attendance (名) 出席
attendant (名) 服務員；隨員

All employees must **attend** the department meeting.
所有員工都必須**出席**部門聚會。

❹ 相關單字補充

• conference attendees 會議與會者
• an attendance rate 出席率

❺ 常見搭配字及出題重點

出題重點
attend vs. participate
單字 attend 和 participate（參加）的意思相近，題目考的是辨別兩者的文法差異，選出適當的單字。

---

❶ 單字

按主題分類，列出閱讀測驗中必考的 600 個高頻率單字。

簡稱說明

(名) 名詞 (動) 動詞 (形) 形容詞 (副) 副詞
(介) 介系詞 (連) 連接詞 (代) 代名詞
(近) 近義詞 (反) 反義詞

❷ 出題率

以星號標示該單字在多益測驗中的出題頻率

★★★ 極高頻率
★★ 高頻率
★ 中頻率

❸ 自我檢測勾選框

三個小框框可根據學習者的需求而有不同用途。比如，每次聆聽 MP3 後勾選，或是某個單字尚未完全理解時畫一個叉號等，幫助學習者為自己的學習歷程做記錄。

❹ 相關單字補充

補充該單字不同詞性的衍生字，讓學習者有系統地學習相關單字。

❺ 常見搭配字及出題重點

確認該單字在多益測驗中會搭配什麼字詞出題，以及出題的重點。

3. 瞄準聽力測驗重點！

❶ 單字

按照聽力測驗各大題的常考主題和題型分類，列出單字和重點例句。

❷ 收聽MP3

聽力測驗講求的是聽懂當中的單字，因此請務必聆聽單字的發音。播放光碟便能收聽單字和例句音檔。

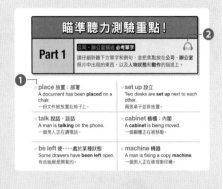

4. Check Up!

透過幾個簡單的題目，確認是否已記下今天學過的單字。

5. 確認昨日單字

確認是否確實背熟昨天學過的單字。請勾選框框，依序確認自己是否有背熟單字。若想不起來單字的意思，就重背一次該單字。

6. Review Test

每五天提供一份實戰試題，以過去五天學過的單字出題。這份試題不僅可以用來確認是否已熟記單字，還能讓學習者進行實戰演練。

目錄

本書架構與特色 ……………………… 002

學習計畫表 ……………………………… 006

DAY 01　就業・雇用 ……………………… 007

DAY 02　會議 ……………………………… 019

DAY 03　簽約 ……………………………… 031

DAY 04　行銷・經營 ……………………… 043

DAY 05　人事 ……………………………… 055

Review Test 1 ……………………………… 066

DAY 06　員工福利 ………………………… 069

DAY 07　教育・活動 ……………………… 081

DAY 08　出差・旅遊／住宿・餐廳 ……… 093

DAY 09　購買・交易 ……………………… 105

DAY 10　訂貨・配送 ……………………… 117

Review Test 2 ……………………………… 128

DAY 11　顧客服務 ················· 131

DAY 12　維護・整修・管理 ·········· 143

DAY 13　產品開發・生產 ············ 155

DAY 14　一般業務 1 ··············· 167

DAY 15　一般業務 2 ··············· 179

Review Test 3 ······················ 190

DAY 16　公司政策・經營 ············ 193

DAY 17　社區 ····················· 205

DAY 18　建物・住宅 ··············· 217

DAY 19　經濟・競賽 ··············· 229

DAY 20　日常生活 ················· 241

Review Test 4 ······················ 252

翻譯與解析 ························· 254

Index ····························· 270

學習計畫表

反覆練習本書精通所有單字！

要背的單字很多，背了又老是忘記。因此請藉由反覆的練習，將背過的單字放進長期記憶區中。考試時只要碰到書中的單字，便會自動想起它的意思。用600個單字達成多益600分的目標！真的一點都不難！

初次學習

01 天	02 天	03 天	04 天	05 天
DAY 01	DAY 02	DAY 03	DAY 04	DAY 05 Review Test 1

06 天	07 天	08 天	09 天	10 天
DAY 06	DAY 07	DAY 08	DAY 09	DAY 10 Review Test 2

11 天	12 天	13 天	14 天	15 天
DAY 11	DAY 12	DAY 13	DAY 14	DAY 15 Review Test 3

16 天	17 天	18 天	19 天	20 天
DAY 16	DAY 17	DAY 18	DAY 19	DAY 20 Review Test 4

二次學習

01 天	02 天	03 天	04 天	05 天
DAY 01~02	DAY 03~04	DAY 05~06	DAY 07~08	DAY 09~10

06 天	07 天	08 天	09 天	10 天
DAY 11~12	DAY 13~14	DAY 15~16	DAY 17~18	DAY 19~20

DAY 01

就業・雇用

● 一起看一下今天要學的單字和圖片吧！

position
職務；位置

hire
僱用

seek
尋找，追尋

opening
空缺

qualified
具備必要條件的，合格的

post
（在網站上）公布

previous
先前的，以前的

reference
推薦信

requirement
要件

relevant
有關的，切題的

lack
缺乏

certificate
證照

001 ★★★
☐
☐ **employee**
☐ [ˌɛmplɔɪˋi]

名 職員，員工

employ 動 僱用
employer 名 雇主
employment 名 雇用

We need another **employee** for the finance department.
我們的財務部門需要另一名**職員**。

- be currently employed 目前在業中
- an employment contract 聘僱契約

002 ★★★
☐
☐ **position**
☐ [pəˋzɪʃən]

名 職務；位置
動 把……放在適當位置

部長 王小明

Anyone can apply for the **position** by e-mail.
任何人皆可寄電子郵件來應徵此**職務**。

- an open position 對外開放的職缺
- be positioned side by side 並排放置

003 ★★★
☐
☐ **experience**
☐ [ɪkˋspɪrɪəns]

名 經驗
動 經歷

experienced
形 有經驗的

The company requires two years of **experience** for this job.
公司要求此工作需有兩年的**經驗**。

- have extensive experience 廣泛的經驗
- experience financial difficulties 經歷財務危機
- an experienced staff member 有經驗的職員

004 ★★
☐
☐ **hire**
☐ [haɪr]

動 僱用
名 雇員

hiring 名 雇用

The company **hired** part-time workers to do the research.
公司**僱用**工讀生來執行這項研究。

- hire workers/staff 聘僱員工
- the hiring process 聘僱流程

005 ★★★
□ **meet**
□ [mit]

⑩ 符合；遇見；遭遇

meeting ⑧ 聚會

Mr. Lee wants to **meet** the expectations of the hiring manager.
李先生想要**符合**招募經理的期望。

• meet (with) clients 與客戶見面
• meet a deadline 在期限內完成

006 ★★★
□ **candidate**
□ [ˈkændədet]

⑧ 候選人，應徵者

011
近 applicant 申請者，應徵者

Ms. Jenner is the best **candidate** for the editor position.
詹娜小姐是編輯職缺的最佳**候選人**。

• the candidate for a position 職缺的應徵者
• a final/successful/suitable candidate
  最終／成功／合適的候選人

007 ★★★
□ **seek**
□ [sik]

⑩ 尋找，追尋

seeker ⑧ 尋找者

Omega Depot is **seeking** a new branch manager.
歐梅嘉倉庫在**徵求**新的分部經理。

• seek new employees 徵求新員工
• a job seeker 求職者

008 ★★★
□ **highly**
□ [ˈhaɪlɪ]

⑪ 非常，很

high ⑱ 高的
⑪ 高高地

近 very 非常

YK Inc. is **highly** recommended for young job seekers.
YK 企業**很**適合年輕的求職者。

出題重點
highly vs. high
這兩個單字很容易搞混，因此題目會針對兩者意思的差別出題。請記住 highly 並非形容詞 high（高的）的副詞形，而是強調程度的副詞，意思為「非常，極度」。

• (**highly**/~~high~~) skilled workers 能力絕佳的工作者

9

009 ★★
□ **résumé**
□ [ˌrɛzjuˈme]

(名) 履歷

Please send your **résumé** by mail or e-mail.
請透過郵寄或電子郵件來寄送你的**履歷**。

• submit/review a résumé 投遞／審閱履歷
• a résumé and cover letter 履歷及求職信

---

010 ★★★
□ **opening**
□ [ˈopəniŋ]

(名) 空缺;開始,開頭
(形) 開始的

open (動) 打開
　　(形) 開啟的;開放的

We have several job **openings** for sales positions.
我們有許多銷售的**職缺**。

• a job opening 職缺
• the opening of the stock market 股市開盤
• an opening ceremony/remark 開幕儀式／致詞

---

011 ★★
□ **applicant**
□ [ˈæpləkənt]

(名) 申請者,應徵者

248
apply (動) 申請

application (名) 申請

006
(近) candidate
　　候選人,應徵者

Applicants should submit their résumé and
cover letter by the end of tomorrow.
應徵者應最晚於明天前投遞履歷及應徵函。

> **出題重點**
>
> **applicant vs. application**
> applicant為人物名詞,application(申請,申請書)
> 為抽象／事物名詞,題目會要求選出符合題意的名詞。
>
> • interview an (**applicant**/~~application~~) 面試應徵者
> • submit an (~~applicant~~/**application**) 提交申請

012 ★★
□
□ **personnel**
□ [ˌpɝsṇˈɛl]

（近）human resources 人力資源

名（總稱）人員；員工；人事部

Fast Trak is hiring new logistics **personnel**.
Fast Trak 正在招募新的物流**人員**。

013 ★★
□
□ **qualified**
□ [ˈkwɑləˌfaɪd]

qualify（動）使……具有資格
qualification（名）資格

形 具備必要條件的，合格的

Mr. Jin reviewed the résumés carefully to select **qualified** candidates.
金先生仔細地審閱履歷，以挑出**合格的**應徵者。

> **出題重點**
> 題目會考的是用形容詞 qualified 修飾名詞，或是當作補語使用。請記住名詞 candidate（候選人，應徵者）經常搭配介系詞 for 一起使用。
> • a **qualified** candidate　合格的應徵者
> • be **qualified** for　具有……的資格

014 ★★
□
□ **opportunity**
□ [ˌɑpɚˈtjunətɪ]

（近）chance 機會

名 機會

Employees have the **opportunity** to work from home.
員工有**機會**可在家工作。

• an opportunity to *do*　……的機會
• an employment opportunity　就業機會

015 ★★
□
□ **post**
□ [post]

（近）mail（動）郵寄
　　　（名）信件

動（在網站上）公布；張貼；郵寄
名 職位；郵件

Soho Travel **posted** the job on a recruitment Web site.
蘇活旅遊在招募網站上**張貼**一個職缺。

• post an advertisement　張貼廣告
• send A by post　透過郵寄寄送 A

016 ★★
□
□ **fill**
□ [fɪl]

(動) 填補（職缺）；使……裝滿

full (形) 滿的

The company must **fill** the open position soon.
公司必須趕緊**填補**此職缺。

- fill a vacant position　填補空出的職缺
- be filled with (= be full of)　充滿……

017 ★★
□
□ **previous**
□ [ˋpriviəs]

(形) 先前的，以前的

previously
(副) 先前地，以前地

The interviewer asked Mr. Blake about his **previous** job.
面試官詢問布雷克先生**之前的**工作。

- a previous version of　……的先前版本
- the previous year　去年
- higher than previously anticipated
  高於先前的期望

018 ★★★
□
□ **addition**
□ [əˋdɪʃən]

(名) 附加；加法；添加物

add (動) 增加
274
additional (形) 附加的

The new employee is a good **addition** to our team.
那位新員工對我們團隊是一大**加分**。

- in addition　此外
- in addition to　除了……之外
- with the addition of　外加……

019 ★★
□
□ **reference**
□ [ˋrɛfərəns]

(名) 推薦信；提及；參考

refer (動) 提及；參考
referral (名) 轉介

Ms. Hansen's supervisor wrote a letter of **reference** for her.
漢森小姐的主管為她寫了封**推薦信**。

- a letter of reference　推薦信
- for future reference　作為以後的參考
- be referred to as　被稱作……

12

020 ★★
□
□ **depend**
□ [dɪˋpɛnd]

(動) 取決於；依賴；信賴

dependent
(形) 取決於……的；依賴的

depending on
(介) 取決於……
498
(近) rely 依賴

The payment **depends** on your working hours.
報酬**取決於**你的工時。

• depend on 取決於……；依賴……
• be dependent on 取決於……；依賴……

021 ★★★
□
□ **requirement**
□ [rɪˋkwaɪrmənt]

(名) 要件

153
require (動) 需要

Design experience is one **requirement** for the job.
設計經驗是此工作**必備條件**。

> **出題重點**
>
> **requirement vs. qualification**
>
> requirement 和 qualification（資格）的意思相近，請學會區分兩者的差別。requirement 指的是「（公司要求的）資格要件」；qualification 指的則是「（候選人具備的）資質、資格（證照）」。
>
> • meet **requirements** for the position
>   符合該職位要求的條件
> • have **qualifications** for the promotion
>   具備升遷資格

022 ★★
□
□ **field**
□ [fild]

(名) 領域；田地；運動場

Yates Inc. is one of the leading companies in the **field.**
耶茲企業是該**領域**領導公司之一。

023 ★★
□
□ **recruit**
□ [rɪˋkrut]

(動) 招收，徵募

recruitment
(名) 招收，徵募

We **recruited** workers for the newly opened store.
我們為新開張的門市**招募**員工。

• recruit staff/volunteers 徵募員工／志工
• recruit internally 內部招募

024 ★
□
□ **permanent**
□ [ˋpɝmənənt]

(形) 永久的，固定的

permanently (副) 永久地
345
(反) temporary 暫時的

The intern was hired for a **permanent** position.
那位實習生獲聘的是**永久**職缺。

- a permanent/temporary position 長期／臨時職缺
- permanently close the store 永久歇業

025 ★★
□
□ **relevant**
□ [ˋrɛləvənt]

(形) 有關的，切題的

(反) irrelevant 不相關的

Please write all **relevant** experience on your résumé.
請在你的履歷上寫下所有**相關的**經驗。

- relevant documents 相關文件
- be relevant to 與……相關

026 ★
□
□ **familiar**
□ [fəˋmɪljɚ]

(形) 熟悉的，通曉的

familiarize (動) 使……熟悉

Candidates should be **familiar** with design software.
應徵者應**熟悉**設計軟體。

- be familiar with 對……熟悉
- familiarize *oneself* with 使某人熟悉……

027 ★
□
□ **specialize**
□ [ˋspɛʃəˏaɪz]

(動) 專攻

specialization
(名) 專門化
specialized
(形) 專門的，專科的

Panstad Co. **specializes** in recruiting customer service personnel.
潘思丹企業**專門**在招募客服員工。

- specialize in 專攻……
- a highly specialized market 高度專業化的市場

14

028 ★

☐
☐ **lack**
☐ [læk]

⊛ 缺乏
⊛ 缺乏

²⁹⁸
近 shortage 缺乏

Because of the **lack** of workers, we should hire additional employees.
因為**缺乏**員工，我們需要招募新人。

- lack of parking space 缺少停車位
- He lacks experiences. 他缺少經驗。

029 ★★

☐
☐ **impressive**
☐ [ɪmˋprɛsɪv]

⊛ 令人深刻印象的

impressively
⊛ 令人印象深刻地

impress
⊛ 使……印象深刻

impression ⊛ 印象

Mr. Davis has an **impressive** career history.
戴維斯先生的過往工作經驗令人**印象深刻**。

出題重點

impressive vs. impressed

題目考的是根據空格與其修飾名詞的關係，選出適當的單字。impressive 用於描述給人深刻印象的對象（事物、事件等）；impressed（使印象深刻）則用於描述感受到深刻印象的主體（人物）。

- an (**impressive**/i̶m̶p̶r̶e̶s̶s̶e̶d̶) résumé
  令人印象深刻的履歷
- I was (i̶m̶p̶r̶e̶s̶s̶i̶v̶e̶/**impressed**) with the presentation.
  我對這場報告印象深刻。

030 ★

☐
☐ **certificate**
☐ [səˋtɪfəkɪt]

⊛ 證照

certify ⊛ 證明
certification ⊛ 證明
certified ⊛ 有保證的

All accountants must have official **certificates**.
所有的會計師都必須有正式的**證書**。

- earn/hold a certificate 取得／擁有證照
- a certification program 認證學程
- a certified technician 具有專業證照的技師

瞄準聽力測驗重點！

Part 1

公司‧辦公室描述 必考單字 005

請仔細聆聽下方單字和例句，並把焦點放在**公司、辦公室**照片中出現的東西，以及**人物狀態**和**動作**的描述上。

■ **place** 放置；部署
A document has been **placed** on a chair.
一份文件被放置在椅子上。

■ **set up** 設立
Two desks are **set up** next to each other.
兩張桌子並排放置。

■ **talk** 說話，談話
A man is **talking** on the phone.
一個男人正在講電話。

■ **cabinet** 櫥櫃；內閣
A **cabinet** is being moved.
一個櫥櫃正在被移動。

■ **be left** 使……處於某種狀態
Some drawers have **been left** open.
有些抽屜是開著的。

■ **machine** 機器
A man is fixing a copy **machine**.
一個男人正在修理影印機。

■ **face** 面對，面向
He is **facing** a bookshelf.
他正對著書架。

■ **pile** 堆疊
Some documents are **piled** on a shelf.
一些文件疊在架子上。

■ **spread** 散布；傳播
Some files are **spread** on a desk.
一些文件夾散落在桌上。

■ **ceiling** 天花板
A light is suspended from the **ceiling**.
一盞燈懸吊在天花板上。

■ **hold** 拿，握
He is **holding** a pile of documents.
他拿著一疊文件。

■ **shake** 握(手)；搖，震動
They're **shaking** hands.
他們正在握手。

■ **examine** 檢查
A woman is **examining** a screen.
一個女人正在查看螢幕。

■ **point** (用手指)指向
The man is **pointing** at something on a paper.
那男人指著紙上的某個東西。

Check Up!

A 請將下列英文單字連接正確的意思。

01 candidate •   • ⓐ 職務；位置

02 qualified •   • ⓑ 機會

03 requirement •   • ⓒ 候選人，應徵者

04 opportunity •   • ⓓ 具備必要條件的，合格的

05 position •   • ⓔ 要件

B 請將符合題意的單字填入空格當中。

| ⓐ applicants | ⓑ seeking | ⓒ permanent | ⓓ posted | ⓔ opening |

06 The human resources department will keep a ＿＿＿＿＿＿ record of employees' behavior.

07 All items ＿＿＿＿＿＿ on this notice board must receive approval from the management.

08 The head office has been ＿＿＿＿＿＿ new employees for some time now.

09 All ＿＿＿＿＿＿ for the position will come under careful inspection during the interview.

C 請選出適合填入空格的單字。

10 The number of applicants this year was higher than the ------- year's total.
   ⓐ familiar   ⓑ previous

11 Ms. Hoffman will ------- with an interviewer at the Mumbai office.
   ⓐ meet   ⓑ hire

12 The hiring committee was pleased with Mr. Brock's ------- résumé.
   ⓐ impressive   ⓑ impressed

01 ⓒ 02 ⓓ 03 ⓔ 04 ⓑ 05 ⓐ 06 ⓒ 07 ⓓ 08 ⓑ 09 ⓐ 10 ⓑ 11 ⓐ 12 ⓐ

就業・雇用

- opening
- fill
- addition
- requirement
- seek
- experience
- applicant
- post
- relevant
- position
- depend
- previous
- meet
- permanent
- candidate

- lack
- field
- certificate
- highly
- qualified
- résumé
- reference
- opportunity
- specialize
- recruit
- hire
- employee
- familiar
- impressive
- personnel

背熟的單字數量 _____ / 30

DAY 02　會議

● 一起看一下今天要學的單字和圖片吧！

report
報告

approve
同意，批准

lead
領導

quickly
快速地

decision
決定

achieve
實現，完成

postpone
延期，延遲

suggestion
建議，提議

summary
概要

arrange
排列

specific
特定的

conflict
衝突

19

請先背誦單字和意思 006

031 ★★★
☐
☐ **last**
☐ [læst]

（動）持續
（形）最後的；最近的

lasting（形）持續的
lastly（副）最後

The weekly staff meeting usually **lasts** about an hour.
每週的員工會議通常**持續**約一小時。

- over the last ten years　在過去十年
- a long-lasting product　一個存在已久的產品

032 ★★★
☐
☐ **report**
☐ [rɪˋport]

（名）報告；報導
（動）報告；報導

reporter（名）記者
reportedly
（副）據稱

The managers met to write a **report** about the problem.
諸位經理們開會寫一篇關於此問題的**報告**。

- an expense/annual report　一篇開銷／年度報告
- report on　報告／報導……

033 ★★★
☐
☐ **attend**
☐ [əˋtɛnd]

（動）出席，參加；上（學）

attendee（名）出席者
attendance（名）出席
attendant（名）服務員；隨員

All employees must **attend** the department meeting.
所有員工都必須**出席**部門聚會。

- conference attendees　會議與會者
- an attendance rate　出席率

> 出題重點
> **attend vs. participate**
> 單字 attend 和 participate（參加）的意思相近，題目考的是辨別兩者的文法差異，選出適當的單字。attend 為及物動詞，後方可以直接連接受詞，不需要加上介系詞；participate 則為不及物動詞，會搭配介系詞 in 一起使用，請特別記住。
>
> - (**attend**/participate) the meeting　參與集會
> - (attend/**participate**) in the conference　參與會議

20

034 ★★★
☐
☐ **appointment** 　(名) 約定，正式約會
☐ [əˋpɔɪntmənt]

141
appoint
(動) 任命，委派職務；約定

Ms. Toland canceled her **appointment** with the department head.
托藍小姐取消了跟部門領導人的**約會**。

- have an appointment with　和……有約
- make/arrange an appointment for　為……安排約會

035 ★★★
☐
☐ **approve** 　(動) 同意，批准
☐ [əˋpruv]

approval (名) 同意，批准

The CEO **approved** the proposal to increase project funding.
執行長**批准**增加專案經費的提案。

- approve a plan/proposal/request
  同意一項計畫／提案／訴求
- give/receive/obtain approval
  給予／獲取／得到批准

036 ★★
☐
☐ **board** 　(名) 董事會；木板；布告牌
☐ [bord] 　(動) 上（船，車，飛機等）

boarding (名) 寄膳（宿）

The **board** members will take a vote next week.
董事會的成員下周將會進行投票。

- the board of directors　董事會
- a bulletin board　布告欄
- board a train　登上火車

037 ★★★
☐
☐ **lead** 　(動) 領導；通向
☐ [lid]

leader (名) 領導者

leadership
(名) 領導（身分）

leading (形) 領導的

Ms. Barnes will **lead** the meeting about next year's budget.
巴恩斯小姐將會**主導**關於明年經費的會議。

- lead to a shopping mall　通往購物中心
- under *one's* leadership　在某人的領導之下
- a leading supplier　領頭的供應商

038 ★★
☐
☐ **discuss**
☐ [dɪˋskʌs]

（動）討論

discussion（名）討論

The designers got together to **discuss** the new logo project.
設計師們聚集在一起**討論**新的商標專案。

• discuss a plan　討論一項計畫
• a short discussion　簡短討論

039 ★★★
☐
☐ **quickly**
☐ [ˋkwɪklɪ]

（副）快速地

quick（形）快速的

Staff members solved the problem **quickly** after a discussion.
工作人員在討論後**迅速**解決問題。

出題重點

quickly vs. quick

題目考的是根據其修飾對象的不同，選出適當的詞性。

• (**quickly**/~~quick~~) respond to an e-mail
　（副詞：修飾動詞）快速回覆電子郵件
• a (~~quickly~~/**quick**) response time
　（形容詞：修飾名詞）在短時間內回覆

---

040 ★★
☐ **advance**
☐ [ədˋvæns]

（名）前進，發展
（動）推進，促進
（形）先行的；預先的

advancement
（名）前進，發展

advanced
（形）先進的；高等的
410
（近）progress 進步，進展

Mr. Baek explained **advances** in accounting software to the directors.
白先生向主管們解釋會計軟體的**進展**。

• in advance　事先
• hold an advanced degree　擁有高等學位

041 ★★★
☐
☐ **presentation**
☐ [ˌprɛznˋteʃən]

（名）報告；授予

185
present
（動）授予；呈現

Ms. Ahn gave a **presentation** about customer service strategies.
安小姐做了一場關於顧客服務策略的**報告**。

• give a presentation about/on　做關於……的報告

042 ★★
☐
☐ **decision**
☐ [dɪˈsɪʒən]

名 決定

decide 動 決定

The president will make a **decision** during the executive meeting.
總裁將在執行會議上做**決定**。

- make a decision　下決定
- decide to *do*　決定……

043 ★★
☐
☐ **prepare**
☐ [prɪˈpɛr]

動 準備

preparation 名 準備
prepared 形 有準備的

Mr. Nelson **prepared** two pages of handouts for the presentation.
奈爾森先生為了報告**準備**了兩頁的講義。

- prepare for the trip/meeting
  為了旅行／會議做準備
- make preparations for　為了……做準備

044 ★★
☐
☐ **achieve**
☐ [əˈtʃiv]

動 實現，完成

134
achievement 名 實現，完成

近 accomplish 實現，完成

The discussions motivated the salespeople to **achieve** their goals.
這些討論激勵售貨員去**達成**目標。

- achieve the goal/objectives　達成目標

045 ★★
☐
☐ **determine**
☐ [dɪˈtɝmɪn]

動 決定，確定

determination
名 決定，確定

determined
形 下定決心的

Today, we will **determine** the best promotional strategy for the project.
今天，我們將**決定出**最適合此專案的銷售策略。

- determine the cause of a problem
  確定問題的原因
- be determined to *do*　下定決心要……

046 ★★
□
□ **purpose**
□ [ˈpɝpəs]

(名) 目的

The **purpose** of the meeting was to elect a chairperson.
會議的**目的**是為了選出主席。

- on purpose 故意地
- for a private purpose 為了私人的目的

047 ★★
□
□ **postpone**
□ [postˈpon]

(動) 延期，延遲

近 delay 延誤
275

待會再做～

They **postponed** the budget planning to later in the week.
他們將計劃預算一事**延**至這周的晚些時候。

- postpone a deadline/meeting 將期限／會議延後
- be postponed until tomorrow 延到明天

048 ★★
□
□ **brief**
□ [brif]

(形) 短暫的，簡短的

briefing (名) 簡報
briefly (副) 簡短地

Ms. Leone made a **brief** comment about the marketing strategy.
里昂尼先生對此行銷策略下了**簡短的**評論。

- a brief description/consultation 簡短的敘述／諮詢

049 ★★
□
□ **suggestion**
□ [səˈdʒɛstʃən]

(名) 建議，提議

suggest (動) 建議，提議
近 proposal 建議，提議
065

Please share your **suggestions** for improving workplace safety.
請分享您對改善職場安全的**建議**。

- make/reject a suggestion 做出／拒絕一項建議
- suggest an alternative 建議另外的選擇
- suggest that S + V 建議……

050 ★★

□
□ **factor**
□ [ˈfæktɚ]

（名）因素，要素

近 element 元素

Monthly seminars were a key **factor** in the company's success.
每週的專題研討會是該公司成功的重要**因素**。

> **出題重點**
> 以〈**形容詞＋名詞**〉的組合出現在題目中，要求選出名詞詞彙。經常搭配形容詞 key、main、important（表示「主要、重要的」）一起使用，建議當成一組單字來背。
>
> • key/main/important **factors** 關鍵／主要／重要因素

051 ★★

□
□ **summary**
□ [ˈsʌmərɪ]

（名）概要

summarize（動）簡述

A **summary** of the meeting was posted online.
會議的**摘要**張貼在網路上。

• write/share a summary of 寫／分享……的摘要
• summarize findings/results 簡述結果

052 ★★

□
□ **ideal**
□ [aɪˈdiəl]

（形）理想的，完美的

ideally
（副）理想地，完美地

The conference room is **ideal** for groups of fewer than ten people.
那間會議室對十人以下的團體是**理想的**選擇。

• be ideal for 對……非常理想
• an ideal candidate/applicant 理想的候選人／申請者
• ideally situated/located/placed 位置良好

053 ★

□
□ **phase**
□ [fez]

（名）階段，時期

近 stage 階段，時期
近 step 步驟

The first **phase** of the conference is introducing participants.
會議的第一**階段**是介紹與會者。

• the first/next/final phase 第一／下一／最後階段

009

054 ★★
□
□ **arrange**
□ [əˋrendʒ]

238
arrangement
(名) 安排；排列

(動) 安排；排列

Ms. Zeller's assistant **arranged** an appointment with executives.
柴樂先生的助理**安排**了一場與經理們的會議。

- arrange a meeting　安排會議
- be arranged together　被安排在一起

055 ★
□
□ **settle**
□ [ˋsɛtl]

settlement (名) 協定；定居
settled (形) 塵埃落定的；
安頓下來的

(動) 確定；解決；定居

The location of the negotiation has not been **settled** yet.
協商的地點仍未**確定**下來。

- That settles it.　就這麼定了
- settle a problem　擺平問題

056 ★★
□
□ **specific**
□ [spɪˋsɪfɪk]

600
specify (動) 明確指出
specifically (副) 特別地；明確地

(形) 特定的；明確的
(名) 細節，詳情

Each session will cover a **specific** topic related to business.
每次課程將包含一項與商業相關的**特定**主題。

出題重點

specific vs. specifics

這兩個單字很容易搞混，因此題目會針對兩者意思的差別出題。specific 為**形容詞**，可以直接用來修飾名詞，或是當作補語使用；specifics 則為**名詞**，通常會使用複數形態，意思為「細節」。

- (**specific**/specifics) suggestions for solving a problem
  解決問題的具體建議
- examine (specific/**specifics**)　審閱詳情

報告書的
第三頁
第二行
要改一下

26

057 ★

☐
☐ **agenda**
☐ [ə`dʒɛndə]

(名) 議程；待辦事項

The **agenda** includes the main points to be discussed.
議程包含了待討論的主要重點。

- an item on the agenda 議程上的議題
- modify an agenda 修改議程

058 ★★

☐
☐ **reputation**
☐ [ˌrɛpjə`teʃən]

(名) 名譽，聲望

Management tries to find ways to build the company's **reputation**.
管理階層試圖找出建立公司**信譽**的方法。

- build/have/earn a reputation for
  為……建立／擁有／贏得名譽
- a reputation as 作為……的名譽

059 ★

☐
☐ **conflict**
☐ [`kɑnflɪkt]

(名) 衝突
(動) 衝突

conflicting (形) 衝突的，
互相矛盾的

They changed the meeting time because of a scheduling **conflict**.
因為行程**衝突**，他們變更了會議時間。

- a scheduling conflict 行程衝突
- conflict with 與……起衝突
- give conflicting advice 給予互相矛盾的建議

060 ★

☐
☐ **overview**
☐ [`ovɚˌvju]

(名) 概觀，概要

The basic **overview** will be followed by departmental presentations.
基本**概要**結束後，緊接著登場的是部門簡報。

- a basic overview 基本概要
- give an overview of 對……做出概要

Part 1

商家描述 必考單字 010

請仔細聆聽下方單字和例句，並把焦點放在**商家**照片中會出現的東西，以及針對**人物狀態**或**動作**的描述上。

■ **cart** 手推車；運貨車
A man is loading items into a **cart**.
一個男人正在將商品放至手推車中。

■ **shop** 商店
They are leaving a **shop**.
他們離開一家商店。

■ **display** 陳列，展出
Some bags are on **display**.
一些包包被展出。

■ **behind** 在⋯⋯後面
A clerk is standing **behind** the counter.
一位店員正站在櫃檯後面。

■ **customer** 顧客
Some **customers** are waiting in line.
一些顧客在排隊等候。

■ **push** 推，推動
A woman is **pushing** a shopping cart.
一個女人正在推購物車。

■ **shelf**（牆上或櫥櫃中的）架子
Boxes are stacked on a **shelf**.
紙箱被疊在架子上。

■ **move** 移動，搬運；搬家
Water bottles are being **moved**.
水瓶正在被移動。

■ **empty** 使⋯⋯成為空的
The man is **emptying** a shopping basket.
那男人正在將購物袋中的東西拿出來。

■ **reach for** 伸手拿
He is **reaching for** a shirt.
他伸手拿一件襯衫。

■ **wipe** 擦拭
A man is **wiping** a counter.
一個男人正在擦拭櫃檯。

■ **pay** 付款
A customer is **paying** for a product.
一名顧客正在付錢買一件商品。

■ **fill** 使⋯⋯填滿
A woman is **filling** her bag with items.
一個女人正在將她的包包裝滿東西。

■ **merchandise** 商品，貨物
She is placing **merchandise** on a shelf.
她正在將商品擺放至架子上。

Check Up!

A 請將下列英文單字連接正確的意思。

01　report　　　　•　　　　　　•　ⓐ 特定的；明確的

02　specific　　　•　　　　　　•　ⓑ 領導；通向

03　prepare　　　•　　　　　　•　ⓒ 概要

04　summary　　•　　　　　　•　ⓓ 準備

05　lead　　　　•　　　　　　•　ⓔ 報告；報導

B 請將符合題意的單字填入空格當中。

ⓐ brief	ⓑ appointments	ⓒ achieved	ⓓ phase	ⓔ quickly

06　The company's chief executive officer will make a _____ presentation to the staff.

07　The secretary at the front desk is in charge of scheduling and approving _____.

08　After working late hours for months, our team have finally _____ the sales goal.

09　Through diligence and hard work, Janet _____ gained a promotion within the company.

C 請選出適合填入空格的單字。

10　The director will make a ------- to board members about the quarterly sales.
　　ⓐ presentation　　　　　　ⓑ decision

11　The manager ------- the meeting to Friday without explanation.
　　ⓐ postponed　　　　　　ⓑ lasted

12　Felix Designs has earned a ------- as a top provider of creative graphics.
　　ⓐ purpose　　　　　　ⓑ reputation

會議

- overview
- approve
- settle
- attend
- postpone
- report
- lead
- suggestion
- agenda
- last
- prepare
- reputation
- discuss
- determine
- presentation

- purpose
- factor
- decision
- board
- advance
- appointment
- phase
- conflict
- brief
- summary
- achieve
- quickly
- specific
- arrange
- ideal

背熟的單字數量 _____ / 30

DAY 03 簽約

● 一起看一下今天要學的單字和圖片吧！

contract
契約，合同

possible
可能的

review
檢查

cost
費用

supply
供應

necessary
必需的

revise
修訂，校訂

renew
延長……的期限

negotiation
談判，協商

expire
滿期

finalize
最後定下

bid
出價，投標

061 ★★

□
□ **contract**
□ [`kɑntrækt]

(名) 契約，合同

(動) 訂（約）

contractor (名) 立契約者；
承包人

合約書

We will sign a maintenance **contract** with JC Repair.
我們將與 JC 維修公司簽訂保養**契約**。

- sign/win a contract 簽訂／贏得一項合約
- a building contractor 建築承包商

062 ★★★

□
□ **receive**
□ [rɪ`siv]

(動) 得到，接收

200
recipient (名) 得到者，接收者
476
receipt (名) 收據；得到，接收
191
reception (名) 接待（會）

You will **receive** a copy of the legal documents by post.
你將會透過郵寄**收到**這些法律文件的副本。

- receive a certificate 取得證照

063 ★★★

□
□ **possible**
□ [`pɑsəbl]

(形) 可能的

possibility (名) 可能性
possibly (副) 可能地

(反) impossible 不可能的

連線　可用

Mr. Freeman always tries to get the lowest **possible** prices.
費曼先生總是嘗試在**可能**範圍內取得最低的價格。

- as quickly/soon as possible 盡快
- the possibility of telecommuting
  遠距離辦公的可能性

> **出題重點**
> 形容詞 possible 會放在最高級後方，用來**強調最高級**，意思為「在可能範圍內最……」，請特別記住。
>
> - the brightest **possible** lamp
>   在可能範圍內最亮的燈

064 ★★★

☐
☐ **review**
☐ [rɪˋvju]

近 examine 檢查
359

(動) 檢查；複習；評論
(名) 檢查；複習；評論

Mr. Hashimoto has **reviewed** all parts of the contract.
橋本先生已經**檢閱**過合同的所有內容。

- review a contract 檢閱合約
- be thoroughly reviewed 徹底審閱
- a brief review 簡要審閱

065 ★★★

☐
☐ **proposal**
☐ [prəˋpozl]

propose (動) 建議，提議；求婚
proposed (形) 被提議的，
466
所推薦的
近 suggestion 建議，提議
049

(動) 建議，提議；求婚

There were concerns about the **proposal** to change suppliers.
更換供應商的**提議**存有疑慮。

- present/submit a proposal 提出／呈交提案
- propose a plan 提出計畫

066 ★★★

☐
☐ **payment**
☐ [ˋpemənt]

pay (動) 支付
(名) 薪俸，報酬

(名) 支付，付款

The manager will process the **payment** of the fees.
經理將處理費用**支付**的流程。

- collect/send payment 收／寄款
- pay in full/installments 全額／分期付款

067 ★★★

☐ **detail**
☐ [dɪˋtel]
☐ [ˋditel]

detailed (形) 詳細的

(名) 細節
(動) 詳述

This document provides **details** about the shipping policy.
這份文件提供了關於貨運政策的**細節**。

- attention to detail 注意細節
- detail (one's) experience 詳述（某人的）經驗
- for more detailed information
  如要取得更詳細的資訊

068 ★★★
☐
☐ **cost**
☐ [kɔst]

(名) 費用
(動) 花……元

537
costly (形) 貴重的；
代價高的

The **cost** of each product is listed in the proposal.
每樣產品的**費用**被列在提案中。

- minimize costs 使費用最小化
- a cost estimate 費用預估
- cost approximately $100 費用約是100美元

069 ★★★
☐
☐ **regarding**
☐ [rɪˋgɑrdɪŋ]

(介) 關於

regard (動) 把……看作
regardless of (介) 無論……

(近) concerning 關於……
(近) about 關於……

The contract conditions follow all regulations **regarding** imports.
合約條文遵循所有的進口**相關**規範。

- issues regarding the efficiency 效率的相關議題
- regardless of the time 無論時間長短

070 ★★
☐
☐ **agreement**
☐ [əˋgrimənt]

(名) 同意；協定

agree (近) 同意；協定

The two companies failed to reach an **agreement** on the merger.
這兩家公司無法在合併的議題上達成**協議**。

- reach an agreement 達成協議
- agree to *do* 同意去……

071 ★★★
☐
☐ **supply**
☐ [səˋplaɪ]

(動) 供應
(名) 供應品，補給品

supplier (名) 供應商

Under the agreement, BC-Tech will **supply** laptops to the staff.
根據合同，BC科技將**提供**員工筆記型電腦。

- office supplies 辦公室用品
- a supplier of equipment 設備供應商

072 ★★
□
□ **term**
□ [tɝm]

⑧（契約、談判等的）條款；術語；期

579
近 condition 條件，
條款

The **terms** require customers to pay their bills on time.
條款要求顧客準時繳付帳單。

* in terms of 就⋯⋯方面來說
* a long-term/short-term lease 長期／短期租賃

073 ★★★
□
□ **pleased**
□ [plizd]

⑱ 高興的，滿意的

please ⑩ 使⋯⋯高興
pleasure ⑧ 高興，愉悦
pleasant ⑱ 令人愉悦的

The clients were **pleased** with the terms of service.
客戶對服務條款感到**滿意**。

出題重點

pleased vs. pleasing

題目考的是表達情緒的分詞用法，要求選出符合題意的
分詞。

* I am (**pleased**/~~pleasing~~) to *do*
　（過去分詞：修飾有情緒感受的主體）我很樂意去⋯⋯
* a (~~pleased~~/**pleasing**) atmosphere
　（現在分詞：修飾產生情緒的原因）令人愉悦的氣圍

---

074 ★★
□
□ **forward**
□ ['fɔrwəd]

⑩ 轉寄；轉交
⑳ 向前

431
近 direct 將⋯⋯寄給
近 send 寄送

All e-mails regarding contracts must be **forwarded**
to Ms. Liu.
所有與合約相關的電子郵件都必須**轉寄**給劉小姐。

* move forward 向前移動
* look forward to *doing* 期待⋯⋯

075 ★★★
□
□ **necessary**
□ ['nɛsə‚sɛrɪ]

⑱ 必需的

necessity ⑩ 必要性
necessarily ⑳ 必然地

近 essential 必需的

Approval from the manager is **necessary** in order to
sign an agreement.
簽約之前**一定**要取得經理同意。

* it is necessary to *do* ⋯⋯是必要的

076 ★★
□
□ **option**
□ [ˈɑpʃən]

(名) 選擇；選擇權

opt (動) 選擇
optional (形) 可選擇的，
非必須的
231
(近) choice 選擇

Shipping **options** for the contract need to be discussed.
合約中的貨運**選擇**需要討論一番。

• various delivery options 多種運貨選擇

077 ★★
□
□ **former**
□ [ˈfɔrmɚ]

(形) 從前的，在前的

formerly (副) 以前，從前
017
(近) previous 先前的

We compared the current contract with the **former** one.
我們將現在的合約與**以前的**合約做比較。

• formerly called DW Inc. 以前叫做DW公司

078 ★★
□
□ **revise**
□ [rɪˈvaɪz]

(動) 修訂，校訂

revision (名) 修訂，校訂

We cannot **revise** the contract without the client's signature.
沒有客戶簽名的情況下我們無法**修訂**契約。

• revise a document 修訂文件
• a revised version 修訂版本
• request a revision 要求修訂

079 ★★
□
□ **carefully**
□ [ˈkɛrfəlɪ]
□

(副) 小心謹慎地，仔細地

care (動) 照顧；在乎
(名) 謹慎；照顧
careful (形) 小心謹慎的，
仔細的

Ms. Kirkland reviewed the details of each section **carefully**.
柯可蘭小姐**仔細地**檢視每個環節的細節。

出題重點

carefully vs. careful
題目考的是根據其修飾對象的不同，選出適當的詞性。

• read the return policy (**carefully**/~~careful~~)
（副詞：修飾動詞）仔細地閱讀退貨條款
• (~~carefully~~/**careful**) attention to detail
（形容詞：修飾名詞）仔細留心細節

---

080 ★★
☐
☐ **invoice**
☐ [ˈɪnvɔɪs]

（名）費用清單，帳單

576
匠 bill 帳單

The cost of the food was included on the catering **invoice**.
食物的費用含在餐飲**費用清單**中。

- issue/revise/approve an invoice
  發布／修改／批准費用清單

081 ★★
☐
☐ **renew**
☐ [rɪˈnju]

（動）延長……的期限；重新開始

418
renewal（名）延長期限；
重新開始

renewable（形）可再生的；
可延長期限的

Blakely Autos **renews** its service agreement every December.
布雷克利汽車在每年十二月會將其服務條款**續期**。

- renew a contract/subscription 續約／訂
- renewable energy 可再生能源

082 ★★
☐
☐ **contain**
☐ [kənˈten]

（動）包含

287
content
（名）內容物；
（文章、演講等的）內容

container（名）容器；貨櫃

The document **contained** a full list of the contractors.
文件中**包含**一份承包商的完整清單。

- contain private information 含有私密資訊
- put things in a container 把物品放進容器內

083 ★★
☐
☐ **negotiation**
☐ [noˌgoʃɪˈeʃən]

（名）談判，協商

negotiate（動）談判，協商

During **negotiations**, TM Biscuit asked for a price reduction.
在**協商**的過程中，TM 餅乾店要求降價。

- participate in negotiations 參與協商
- negotiate a price 談判價格

084 ★★
□
□ **expire**
□ [ɪkˋspaɪr]

(動) 滿期

expiration (名) 滿期；吐氣

超過保存
期限了⋯⋯

The lease for the office will **expire** on May 31.
辦公室的租賃契約將在5月31日**到期**。

- until the contract expires 直到契約到期
- an expired license 過期的證照
- an expiration date 到期日

085 ★
□
□ **especially**
□ [əˋspɛʃəlɪ]

(副) 尤其是，特別

especial (形) 特別的，特有的

(近) particularly
尤其是，特別

The offer is fair, **especially** in terms of price.
這項提案合情合理，**尤其是**在價格上。

- be especially designed for 特別為⋯⋯而設計

086 ★
□
□ **finalize**
□ [ˋfaɪnḷ͵aɪz]

(動) 最後定下

final (形) 最後的，最終的
339
finally (副) 最後，終於

The contract with Genlock Finance was **finalized** last week.
與珍拉克金融公司的合約在上周**確定**下來了。

- finalize a budget/plan 確定經費／方案
- make a final decision 做最終決定

087 ★
□
□ **authorize**
□ [ˋɔθə͵raɪz]

(動) 批准；授權

438
authority
(名) 權力

authorization
(動) 批准；授權

The director must **authorize** scheduling changes in the agreement.
主管必須**批准**合同中的時程變更。

- authorize a transaction/payment 授權轉帳／付款
- be authorized to *do* 被授權去⋯⋯
- an authorization form/document 授權書／文件

088 ★
□
□ **hardly**
□ [ˈhɑrdlɪ]

㊣ 幾乎不

hard ㊒ 硬的；困難的
　　 ㊣ 重重地；努力地
592
㊐ rarely 很少，難得

After hours of negotiations, they **hardly** made any progress.
在數個小時的協商後，他們**幾乎沒有**任何進展。

| 出題重點 |

hardly (ever)、scarcely、rarely、seldom（幾乎不……）等副詞本身帶有否定的意涵，因此不會搭配其他否定詞 not、never 一起使用。

- **hardly** ever break down　幾乎不曾失效
- be **seldom** available　很少可取得

089 ★
□
□ **bid**
□ [bɪd]

㊂ 出價，投標
㊣ 出價，投標

bidder ㊂ 出價人，投標人

MN Construction submitted a **bid** for the renovation project.
MN 建設在此項重建案中**投標**。

- submit a bid　投標
- bid at auction　在拍賣會中競標

090 ★
□ **landscaping**
□ [ˈlændskepɪŋ]

㊂ 景觀美化

landscape ㊂ 風景，景色
　　　　 ㊣ 做景觀美化
landscaper ㊂ 庭園設計家

We're pleased to offer a **landscaping** service for your garden.
我們很開心為您的花園提供**景觀美化**的服務。

- landscaping needs/services
  景觀美化的需求／服務
- the beauty of the local landscape　當地景色之美

Part 1

餐廳・廚房描述 必考單字

請仔細聆聽下方單字和例句，並把焦點放在**餐廳**、**廚房**照片中會出現的東西，以及針對**人物狀態**或**動作**的描述上。

■ **be seated** 入席就坐
The men **are seated** at a table.
那些男人們坐在桌子前。

■ **wash** 清洗
He is **washing** some plates.
他正在清洗一些盤子。

■ **counter** （廚房）操作台，料理台；櫃台
There are cooking pots on a **counter**.
料理台上有一些烹飪鍋。

■ **enter** 進入
Some people are **entering** a restaurant.
一些人正在走進餐廳。

■ **bottle** 瓶子
He is reaching for a water **bottle**.
他正在拿水瓶。

■ **clear** 清理
A woman is **clearing** the tables.
一名女人正在清理桌子。

■ **occupied** 占據
Tables are **occupied** by patrons.
老主顧們占據著座位。

■ **sweep** 清掃
One of the women is **sweeping** a floor.
其中一個女人正在清掃地板。

■ **pour** 倒
She is **pouring** water into a cup.
她正在將水倒入杯中。

■ **arrange** 安排
Tables are being **arranged** on the patio.
桌子正在被擺放在露臺上。

■ **lean** 傾斜
Some chairs are **leaning** against the wall.
一些椅子傾斜靠在牆上。

■ **outdoor** 室外的
Some people are eating at an **outdoor** café.
一些人正在室外咖啡廳用餐。

■ **tray** 盤子，托盤
One of the men is carrying a **tray**.
其中一個男人正拿著托盤。

■ **serve** 供應（飯菜）；服務（顧客等）
The man is **serving** food on a plate.
那男人正在將食物放在盤子上。

Check Up!

A 請將下列英文單字連接正確的意思。

01 pleased •
02 proposal •
03 expire •
04 landscaping •
05 invoice •

• ⓐ 景觀美化
• ⓑ 高興的，滿意的
• ⓒ 建議，提議；求婚
• ⓓ 滿期
• ⓔ 費用清單，帳單

B 請將符合題意的單字填入空格當中。

| ⓐ renew | ⓑ supply | ⓒ necessary | ⓓ hardly | ⓔ contain |

06 Due to my work commitments, I _____ have time for leisure activities.

07 After his contract was completed, the company decided to _____ it for another year.

08 It's _____ to check all memos before they are sent to other employees.

09 We _____ electronic products to many other businesses.

C 請選出適合填入空格的單字。

10 Ms. Wallace wants to discuss her concerns ------- the contract with YJ Motors.
   ⓐ forwarding   ⓑ regarding

11 The company's lawyer will review the documents ------- to check for issues.
   ⓐ carefully   ⓑ careful

12 Be sure to read the contract ------- before signing the documents.
   ⓐ costs   ⓑ terms

簽約

- term
- contain
- possible
- receive
- especially
- cost
- former
- landscaping
- expire
- hardly
- option
- invoice
- necessary
- supply
- renew

- regarding
- pleased
- contract
- agreement
- review
- revise
- negotiation
- carefully
- proposal
- forward
- payment
- bid
- detail
- authorize
- finalize

背熟的單字數量 ＿＿＿＿＿＿ / 30

行銷・經營
● 一起看一下今天要學的單字和圖片吧！

sale
銷售（量）

result
結果

expand
展開，擴大

indicate
指出

demand
要求，需要

campaign
活動，運動

focus
（使……）集中

directly
直接地

advertisement
廣告，宣傳

aim
目標為

attract
吸引

distribution
分發，分配，配銷

091 ★★★
□
□ **need**
□ [nid]

(動) 需要

(名) 需要

153
(近) require 需要
103
(近) demand
要求，需要

We **need** to advertise the product's useful features.
我們**需要**為這產品的實用特色打廣告。

- in need of 需要……
- meet the needs of 符合……的需求

---

092 ★★★
□
□ **sale**
□ [sel]

(名) 銷售（量）

sell (動) 販售

Venlon Department Store lowered its prices to improve **sales**.
凡隆百貨公司降價來刺激**銷售量**。

- sales figures 銷售數字
- be on sale 販售中
- This new product sells well. 這項新產品賣得很好。

---

093 ★★
□
□ **survey**
□ 名 [ˈsɚve]
　 動 [sɚˈve]

(名) 調查

(動) 做調查

Shoppers completed a customer satisfaction **survey** about their shopping experience.
購物者完成了一份關於消費經驗的顧客滿意**調查**。

- conduct/complete a survey 執行／完成一份調查
- survey results 調查結果

多益
990分

---

094 ★★★
□
□ **result**
□ [rɪˈzʌlt]

(名) 結果

(動) 發生

(近) outcome 結果

The sales team's good **results** came from their hard work.
銷售團隊的優秀**成績**源自於他們的努力。

- as a result 結果
- result in 造成……
- result from 起因於……

095 ★★★

□ **increase** 動 增加，增強
□ 動 [ɪnˋkris]
　名 [ˋɪnkris] 名 增加，增強

increasing
形 正在增加的

390
increasingly
副 漸增地

570
反 decrease
　減少，下降

Profits will **increase** due to lower marketing costs.
獲利將因行銷費用降低而**增加**。

• increasing customer satisfaction 逐漸增加的顧客滿意度

出題重點

名詞increase經常與介系詞in搭配使用。除此之外，與介系詞in搭配使用的名詞還有surge（激增）、decrease（減少）、fall（下降），建議一併記住。

• an **increase**/a **surge** in sales 銷售額增加／遽增
• a **decrease**/**fall** in costs 花費降低／遽降

---

096 ★★★

□ **create** 動 創造，創作
□ [krɪˋet]

creation
名 創造，創作

creative
形 有創意的

creatively
副 創造性地

Glenn Beverages **created** a pamphlet for the new product.
格蘭飲品公司為新產品**製作**了一份小冊。

• create many jobs 創造許多就業機會
• find a creative solution 尋找有創意的解決辦法
• think creatively 創意思考

097 ★★★

□ **expand** 動 展開，擴大
□
□ [ɪkˋspænd]

expansion
名 展開，擴大

464
近 extend
　延長；擴展

Sunray Appliances wants to **expand** its market to Canada.
陽光設備公司意欲將其市場**擴展**至加拿大。

• expand business 擴展生意
• an expansion of a building 建築物擴建

098 ★★★

□ **prefer** 動 寧可，更喜歡
□
□ [prɪˋfɝ]

preference
名 偏愛

Customers often **prefer** large shopping malls to small stores.
比起小型商店，顧客往往**更喜歡**大型購物中心。

• prefer A to B 比起 B 更喜歡 A
• show a strong preference 展現強烈的偏好

099 ★★
☐ **indicate**
☐ ['ɪndə,ket]
☐

(動) 指出;暗示

indication (名) 指出;暗示
indicative (形) 表明的

銷售 80%

The study **indicates** that consumers are interested in health foods.
研究**指出**消費者對健康食品感興趣。

- indicate that S + V 指出……
- be indicative of 表明……

---

100 ★★★
☐ **promotion**
☐ [prə'moʃən]
☐

(名) 促銷;推廣;升遷

491
promote (動) 促銷;推廣;升遷

promotional (形) 促銷的;推廣的;升遷的

Greenleaf Supermarket held special **promotions** for its grand opening.
綠葉超市為其正式開幕舉辦特別**促銷**。

- qualifications for a promotion 符合升遷的條件
- create promotional materials 製作促銷素材

---

101 ★★★
☐ **responsible**
☐ [rɪ'spɑnsəbl̩]
☐

(形) 負責任的

429
responsibility (名) 責任

responsibly (副) 負責任地

Ms. Nakano is **responsible** for conducting a marketing survey.
中野小姐**負責**執行市場調查。

- be responsible for 為……負責
- behave responsibly 負責任地行事

---

102 ★★
☐ **expectation**
☐ [,ɛkspɛk'teʃən]
☐

(名) 期待,預期

273
expect (動) 期待,預期

The new smartphone exceeded all customer **expectations**.
新型的智慧型手機超出所有顧客的**預期**。

- meet/satisfy expectations 符合/滿足期待

103 ★★★

☐
☐ **demand**
☐ [dɪˈmænd]

demanding 形 苛求的
091
近 need 需要

名 要求，需要
動 要求，需要

The **demand** for electric cars is growing in Asian markets.
電動汽車的**需求**在亞洲市場日益增加。

- be in (high) demand 被（強烈）需要
- demanding work 吃力的工作

吃一口就好～

出題重點
名詞 demand 經常與介系詞 for 搭配使用。建議直接把 demand for（……的需求）當成一個組合記住。

- a growing/increasing **demand for**
  對……的需求日益增加
- a surge in **demand for** 對……的需求遽增

104 ★★

☐
☐ **effective**
☐ [ɪˈfɛktɪv]

496
effect 名 效果，影響
effectively 副 有效地

形 有效的，生效的

Television commercials are an **effective** way to present a product.
電視廣告是呈現產品的一種**有效**途徑。

- effective toworrow 明日生效
- effectively reduce the risk 有效地降低風險

105 ★★

☐
☐ **introduce**
☐ [ˌɪntrəˈdjus]

introduction
名 介紹；引進
introductory
形 介紹的

近 bring in 引進

動 介紹；引進

Fenway Channel **introduced** its new online services for kids.
芬威頻道**介紹**其為兒童設計的新型線上服務。

- introduce A to B 將 A 介紹給 B
- the introduction of a program 節目介紹

106 ★★

☐
☐ **campaign**
☐ [kæmˈpen]

名 活動，運動

The marketing **campaign** will include online promotions.
促銷**活動**將包含線上宣傳。

- a fundraising campaign 募款活動

018

107 ★★
☐ **focus**
☐ [ˈfokəs]
☐

近 concentrate 集中

專 心

(動)（使……）集中；（使……）聚焦
(名)重點，中心，焦點

Tomorrow's meeting will **focus** on plans for the summer sale.
明天會議的**重點**在於夏季的銷售計畫。

- focus on　集中在……；聚焦在……
- with a focus on　重點在……

108 ★★★
☐ **directly**
☐ [dəˈrɛktlɪ]
☐ [daɪˈrɛktlɪ]

431
direct (動) 將……寄給；
　　　　將……指向；
　　　　指揮；指路

　　　(形) 直接地；坦率地

高雄　●　●　台北

(副) 直接地；坦率地

Sutton Health's vitamins can be purchased **directly** from its Web site.
沙騰健康公司的維他命可以**直接**從其網站上購買。

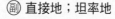

出題重點

directly vs. direct

題目考的是根據其**修飾對象**的不同，選出適當的詞性。

- be shipped (**directly**/~~direct~~) to a customer
  （副詞：修飾動詞）直接運送給顧客
- be approved by (~~directly~~/**direct**) supervisors
  （形容詞：修飾名詞）被直屬主管批准

109 ★★
☐ **potential**
☐ [pəˈtɛnʃəl]
☐

potentially (副) 潛在地，可能地

近 prospective 潛在的

(形) 潛在的，可能的
(名) 潛力，可能性

Magnum Co. conducted a survey to identify **potential** customers.
馬格蘭公司進行一項調查以找出**潛在**顧客。

- a potential investor/client　潛在投資者／客戶
- the potential to export apparel
  出口服裝的可能性

48

110 ★★
□
□ **subscription** ⓐ 訂閱
□ [səb`skrɪpʃən]

subscribe (動) 訂閱
subscriber (名) 訂閱者

Gardening Magazine is offering discounts on
subscriptions to boost sales.
《園藝雜誌》目前提供**訂閱**折扣以促銷。

- renew/sign up for a subscription
  繼續／登記訂閱
- subscribe to a service 訂閱服務

111 ★★
□
□ **advertisement** ⓐ 廣告，宣傳
□ 美 [ˌædvə`taɪzmənt]
英 [əd`vɜtɪsmənt]

advertise (動) 廣告，宣傳
advertising (名) 廣告業；
　　（總稱）廣告

The **advertisement** for Gillian Hotel will appear
in Sunday's newspaper.
吉林恩飯店的**廣告**將出現在周日的報紙。

- place/post an advertisement 打廣告
- advertise a position 為職缺打廣告
- an advertising campaign 宣傳活動

112 ★★
□
□ **analysis** ⓐ 分析
□ [ə`næləsɪs]

analyze (動) 分析
analyst (名) 分析師

We carried out an **analysis** of global market
trends.
我們進行了一項全球市場趨勢**分析**。

- perform a financial analysis 執行財經分析
- analyze data 分析數據

113 ★
□
□ **affect** (動) 影響
□ [ə`fɛkt]

175
近 influence 影響

The expansion of Snap Gym positively
affected its sales.
史奈普健身房的擴展對其營收產生正面的**影響**。

- favorably/adversely affect 正面地／負面地影響
- be affected by 被……所影響

114 ★★
☐
☐ **aim**
☐ [em]

⑩ 目標為；瞄準
⑧ 目標；瞄準

046
近 purpose 目的

We **aim** to become the market leader within five years.
我們的**目標**是在五年內成為市場中的領先者。

- aim to *do* 目標去……
- aimed at 針對……
- the aim of a business 企業目標

---

115 ★★
☐
☐ **profitable**
☐ [ˈprɑfɪtəbl]

⑱ 有利潤的；有益的

469
profit ⑧ 利潤；利益

profitability ⑧ 利潤率

近 rewarding 有回報的

Odessa Hotel is most **profitable** during the busy holiday season.
歐戴沙飯店在旅遊旺季**利潤**最可觀。

- make profitable investments 進行可獲利的投資
- stay/remain profitable 保持利潤

---

116 ★★
☐
☐ **attract**
☐ [əˈtrækt]

⑩ 吸引

234
attraction ⑧ 吸引（力）

attractive ⑱ 迷人的

Talbott Furniture holds events at its store to **attract** customers.
托伯特家具公司在其店鋪舉辦活動來**吸引**顧客。

- attract attention 吸引注力
- an attractive space 吸引人的空間

> **出題重點**
> 經常出現在多益測驗 PART 7 的同義詞題目中。表達「吸引（顧客、粉絲等）」時，能與 **draw** 替換使用；表達「引起（人們的）興趣」時，則能與 **appeal to** 替換使用。
>
> - **attract/draw** baseball fans 吸引棒球迷
> - **attract/appeal to** customers 吸引顧客

117 ★
□
□ **distribution**
□ [ˌdɪstrəˈbjuʃən]

(名) 分發，分配，配銷

distribute (動) 分發，分配
distributor (名) 分配者；批發商

Max Groceries expanded its **distribution** nationwide.
馬克思食品將其**配銷**通路拓展至全國各地。

* information distribution　資訊傳播
* distribute handouts/flyers　分發講義／傳單

118 ★★
□
□ **consistently**
□ [kənˈsɪstəntlɪ]

(副) 一貫地，固守地

consistent
(形) 一貫的，固守的

The current marketing campaign **consistently** attracts customers' attention.
目前的銷售活動**不斷地**吸引顧客的注意力。

* consistently donate to charities
　持續捐錢給慈善機構
* be consistent with　與……一致的

119 ★
□
□ **strategy**
□ [ˈstrætədʒɪ]

(名) 戰略，策略

strategic (形) 戰略的，策略的
strategically (副) 在戰略上

The new advertising **strategy** made the book a best-seller.
新的廣告**策略**讓此書成為暢銷作品。

* implement business strategies　實行商業策略
* strategically invest in　策略性地投資在……

120 ★
□
□ **traditional**
□ [trəˈdɪʃənḷ]

(形) 傳統的，慣例的

tradition (名) 傳統，慣例
traditionally (副) 在傳統上，
依照慣例

The **traditional** marketing strategies are not effective in the IT field.
傳統的行銷策略在 IT 領域不管用。

* traditional methods　傳統的方法
* traditionally come last　在慣例上是在最後

Part 1

道路・交通方式 必考單字

請仔細聆聽下方單字和例句，並把焦點放在**商家**照片中會出現的東西，以及針對**人物狀態**或**動作**的描述上。

■ **park** 停放（車輛等）
Cars are **parked** on the road.
車子被停放在道路上。

■ **vehicle** 交通工具
A man is driving a **vehicle**.
一名男子正在駕駛交通工具。

■ **stand** 站立
A woman is **standing** on a platform.
一名女子站在月台。

■ **cross** 穿越
Some pedestrians are **crossing** a street.
一些行人正在穿越街道。

■ **bridge** 橋梁
One of the people is walking on the **bridge**.
其中一個人走在橋梁上。

■ **approach** 接近
A train is **approaching** a platform.
一輛列車正在進站。

■ **in front of** 在……的前面
There is a truck **in front of** the building.
大樓前方有一輛貨車。

■ **board** 上（交通工具）
Some people are **boarding** a bus.
一些人正在上公車。

■ **intersection** 十字路口
Some cars are lined up near an **intersection**.
一些車輛在十字路口附近排成一條隊伍。

■ **passenger** 乘客
Passengers are getting out of a train.
乘客正在下火車。

■ **crowded** 擁擠的
A street is **crowded** with people.
街上擠滿了人。

■ **ride** 騎乘
Some people are **riding** bicycles.
一些人正在騎腳踏車。

■ **traffic** 交通
Vehicles are stopped at the **traffic** light.
車輛在號誌燈前停下。

■ **ship** 大船，輪船，艦
A **ship** is docked in a harbor.
一艘輪船停泊在碼頭。

Check Up!

A 請將下列英文單字連接正確的意思。

01 subscription •　　　　　　　　　• ⓐ 期待，預期

02 prefer •　　　　　　　　　　　• ⓑ 訂閱

03 expectation •　　　　　　　　• ⓒ 需要

04 need •　　　　　　　　　　　• ⓓ 寧可，更喜歡

05 traditional •　　　　　　　　　• ⓔ 傳統的，慣例的

B 請將符合題意的單字填入空格當中。

> ⓐ sale　　ⓑ survey　　ⓒ responsible　　ⓓ directly　　ⓔ strategy

06 The director of company finance is _____ for keeping financial records.

07 The firm's new marketing _____ will go into effect next year.

08 All employees must report _____ to the manager of their department.

09 The _____ shows that people prefer online shopping to visiting stores.

C 請選出適合填入空格的單字。

10 Utica Bread is running television commercials to ------- more customers.
　　ⓐ result　　　　　　　　　　ⓑ attract

11 We need to ------- a new logo for our company.
　　ⓐ create　　　　　　　　　　ⓑ creative

12 Carver Financial assists its clients with making ------- investments.
　　ⓐ profitable　　　　　　　　ⓑ demanding

ⓐ 12 ⓐ 11 ⓐ 10 ⓑ 09 ⓓ 08 ⓔ 07 ⓒ 06 ⓔ 05 ⓒ 04 ⓐ 03 ⓓ 02 ⓑ 01

行銷・經營

- distribution
- focus
- create
- potential
- analysis
- expectation
- effective
- introduce
- sale
- consistently
- strategy
- promotion
- prefer
- attract
- affect

- responsible
- indicate
- result
- directly
- expand
- demand
- advertisement
- aim
- need
- survey
- increase
- traditional
- subscription
- campaign
- profitable

背熟的單字數量 _____ / 30

DAY 05 人事

● 一起看一下今天要學的單字和圖片吧！

award
獎項

early
早，提早

serve
任（職）

transfer
轉車

evaluate
評價，評估

retire
退休；退役

search
尋找

appoint
任命，委派職務

nomination
提名；任命

suitable
適當的，適合的

competent
能幹的，稱職的

knowledgeable
有知識的，博學的，
有見識的

---

121 ★★★
award
[ə`wɔrd]

名 獎項
動 授予

Mr. Donovan was given an **award** for his sales record.
唐納文先生因為他的銷售紀錄而獲頒**獎項**。

- an awards ceremony　頒獎典禮
- win an award　贏得獎項

---

122 ★★★
recently
[`risṇtlɪ]

245
recent 形 最近的，近期的

近 lately 最近地，近期地

副 最近地，近期地

Moya Co. **recently** updated the contents of its employee manual.
莫亞公司**最近**更新了其員工手冊的內容。

- a recently opened restaurant　最近開張的餐廳

---

123 ★★★
early
[`ɜlɪ]

反 late 晚，在晚期

副 早，提早
形 早的，提早的

The manager asked the staff to come in **early**.
經理要求員工**早點**來。

- be shipped early　提早被運送
- an early registration discount
  提早登記所享有的折扣

---

124 ★★★
performance
[pɚ`fɔrməns]

perform
動 進行；演出
performer
名 演出者，表演者

名 表現；演出

Ms. Lawrence was awarded a prize for her job **performance**.
勞倫斯小姐因為工作**表現**而獲頒獎項。

- job performance　工作表現
- a musical performance　音樂演出
- perform an analysis　執行分析

125 ★★
□
□ **join**
□ [dʒɔɪn]

(動) 參加;連接

joint (形) 連接的;聯合的

We encourage employees to **join** the fitness program.
我們鼓勵員工**參加**健身課程。

- join a team/meeting 加入團隊／會議
- a joint venture 合資企業

126 ★★★
□
□ **serve**
□ [sɝv]

(動) 任(職);為……服務;
為……服役;供應(飯菜)

service (動) 檢修,維修
(名) 服務,效勞

Mr. Johnson **served** as sales manager for ten years.
強生先生**任職**銷售經理十年了。

- serve as 擔任……
- be served with 被供應……(食物)
- serve the western region 為西部地區服務
- be serviced once a year 每年檢修一次

127 ★★
□
□ **assistant**
□ [əˈsɪstənt]

(名) 助手,助理

436
assist (動) 協助

assistance (名) 協助

Ms. Huang joined Dowty Designs as an administrative **assistant**.
黃小姐加入道堤設計公司,成為行政**助理**。

- hire an office assistant 聘僱辦公室助理
- request assistance from staff 向工作人員尋求協助

出題重點

assistant vs. assistance

assistant 為人物名詞;assistance 則為抽象名詞。題目考的是分辨兩者的差異,根據題意選出適當的名詞。assistant 為**可數名詞**,assistance 為**不可數名詞**,請特別記住兩者的差異。

- be forwarded to one's (**assistant**/~~assistance~~)
  轉寄給某人的助理
- provide (~~assistant~~/**assistance**) to customers
  提供顧客協助

---

128 ★★★
☐
☐ **supervisor**
☐ [ˌsupɚˈvaɪzɚ]

名 監督人，管理人，指導者

supervise 動 監督，
管理，指導
supervision
名 監督，管理，指導

The **supervisor** gave each employee on the team a different task.
主管給團隊裡的每位員工不同的任務。

- a direct supervisor　直屬主管
- supervise a team　監督團隊

129 ★★★
☐
☐ **transfer**
☐ [ˈtrænsfɚ]
　[trænsˈfɚ]

動 調任；轉車
名 調任；轉車

Mr. Miller wants to **transfer** to the branch in Tokyo.
米勒先生想調去東京的分部。

- be transferred to　被調去……
- request a transfer　要求轉調

130 ★★
☐
☐ **outstanding**
☐ [ˈaʊtˈstændɪŋ]

形 傑出的；未償付的

近 exceptional 異常優秀的 ^196

近 unpaid 未繳納的

Bonuses will be given to **outstanding** workers.
額外獎金會發給傑出員工。

> **出題重點**
> 在多益測驗中，outstanding 除了有「傑出的」的意思之外，也經常使用「**未償還的**」的意思，請特別記住。表達「傑出的」時，意思與 **exceptional**（優秀的）相同；表達「未償還的」時，意思則與 **unpaid**（未繳納的）相同。
> - **outstanding/exceptional** services　傑出的服務
> - **outstanding/unpaid** debts　未償付的債務

131 ★★★
☐
☐ **evaluate**
☐ [ɪˈvælju͵et]

動 評價，評估

evaluation 名 評價，評估
evaluator 動 評價者，評估者
近 assess 評估 ^145

The team leader **evaluates** the staff's performance every quarter.
團隊領導人每季度評估員工表現。

- evaluate the ability　評估能力
- an evaluation form　評估表

132 ★★
□
□ **greatly**
□ [ˈgretlɪ]

（副）極其，非常，大大地

great（形）極度的；
優秀的；美妙的

Daily tasks differ **greatly** from one job to another.
每日工作項目因工作性質而差異**極大**。

- greatly improve the quality　大大地改善品質
- be greatly pleased/honored/appreciated
　極其喜悅／榮幸／被感激
- make a great addition to　對……是一大助力

133 ★★
□
□ **recognize**
□ [ˈrɛkəɡ͵naɪz]

（動）表彰；承認；認出

recognition
（名）表彰；承認；認出

recognizable
（形）可辨認的，可識別的

Mr. Sakamoto was **recognized** for his superior design skills.
坂本先生因其高超的設計能力而被**表彰**。

- in recognition of　因……而被褒獎

134 ★★
□
□ **achievement**
□ [əˈtʃivmənt]

（名）成就，成績；實現，完成

044
achieve（動）實現，完成

The HR team organized a party to celebrate the company's **achievement**.
人資部門籌辦了一場派對來慶祝公司的**成就**。

- a certificate of achievement　成就證書
- outstanding achievement　卓越成就

135 ★★
□
□ **retire**
□ [rɪˈtaɪr]

（動）退休；退役

retirement（名）退休；退役

Mr. Machado **retired** from his executive position at Parker Co.
馬查多先生從他在帕克公司的管理職**退休**了。

- a retired executive　退休的經理
- a retirement party　退休派對

136 ★★
☐
☐ **confident**
☐ [`kɑnfədənt]

彤 確信的；有自信的

confidence 名 確信；自信
confidently 副 確信地；有自信地

The supervisor is **confident** that the team members will work well together.
主管**確信**團隊成員能一同順利工作。

- be confident that S + V / of 對……有信心
- be confident in 對……有信心
- consumer confidence 消費者信心

137 ★★
☐ **search**
☐ [sɝtʃ]

動 尋找
名 尋找

近 look up 查詢

You can **search** for extension numbers in the company directory.
你可以在公司的電話簿中**尋找**分機號碼。

- search for job opportunities 尋找工作機會
- in search of 尋找……

138 ★★
☐
☐ **dedicated**
☐ [`dɛdə‚ketɪd]

彤 奉獻的

dedicate 動 奉獻
dedication 名 奉獻

近 committed 盡心盡責的

近 devoted 奉獻的

Camden Co. is **dedicated** to providing ongoing support to staff.
康登公司**致力**於提供員工持續不斷的支持。

- a dedicated employee 盡心盡力的員工
- be dedicated to 奉獻於……
- dedication to the customer service 致力於顧客服務

139 ★★
☐ **valuable**
☐ [`væljuəbl]

彤 重要的；值錢的，貴重的
名 （複）貴重物品，財產

value 動 估價；珍視
名 價值；重要性
valued 彤 受敬重的

近 invaluable 無價的

Mr. Lomax made a **valuable** contribution to the committee.
洛麥克斯先生為委員會做出**寶貴的**貢獻。

- be a valuable asset to the team 是團隊的寶貴資產
- put valuables in a safe place 將貴重物品放置在安全處
- for valued customers 為了尊貴的顧客

140 ★
□
□ **headquarters** 　 (名) 總部；總局；司令部
□ ['hɛd`kwɔrtəz]

(近) main office 主要辦公室
(反) branch 分部

Employees in branches can request a transfer to the **headquarters**.
分部的員工可以申請調派至**總部**。

- relocate/move the headquarters　搬遷／移動總部

141 ★★
□
□ **appoint** 　 (動) 任命，委派職務；約定
□ [ə`pɔint]

034
appointment (名) 任命，委派職務；約定

The company's president **appointed** Ms. Ramos as head of sales.
公司總裁**任命**拉莫斯小姐為銷售部主管。

- appoint A as/to B　任命 A 為 B

> **出題重點**
> **appointed vs. appointing**
> 請記住，若以動詞 appoint 的分詞形扮演形容詞的角色，修飾人物名詞時，會使用過去分詞 appointed（任命的）。
> - a newly (**appointed**/~~appointing~~) director
>   新指派的經理

142 ★★
□
□ **involve** 　 (動) 牽涉；使……參與
□ [in`valv]

involvement
(名) 牽連；參與

The upcoming restructuring will **involve** some staff transfers.
即將到來的重組將會**牽涉**到一些員工的轉調。

- be involved in　涉入……
- involvement as a volunteer　以志工身分參與

143 ★★
□
□ **nomination** 　 (名) 提名；任命
□ [,nɑmə`neʃən]

nominate (動) 提名；任命
nominee (名) 被提名者

Ms. Felton earned the **nomination** for Employee of the Year.
菲爾頓小姐被**提名**為年度最佳員工。

- earn/receive a nomination　獲得提名

144 ★★
□
□ **suitable**
□ [ˈsutəbḷ]

⑱ 適當的，適合的

suit ⑩ 適合

⑯ fit 適合的

This managerial role is **suitable** for Mr. Bassel's career.
這個管理職**適合**貝索先生的職涯發展。

- be suitable for　適合於……
- be well suited to/for　相當合適於……

> 出題重點
>
> 出現在多益測驗PART 7的同義詞題目中。表達「合適的」的意思時，能與**fit**和**right**替換使用。
>
> - The option is **suitable/fit/right** for you.
>   這個選擇很適合你。

145 ★★
□
□ **assess**
□ [əˈsɛs]

⑩ 評估；估價

assessment ⑧ 評估；估價
⑯ evaluate 評價，評估
　　131

Managers will **assess** the interns' work throughout the project.
經理將在整個專案的過程中**評估**實習生的工作。

- assess the quality　評估品質
- performance assessment　表現評估

146 ★
□
□ **competent**
□ [ˈkɑmpətənt]

⑱ 能幹的，稱職的

competently
⑳ 能幹地，稱職地

Boston Bank works hard to retain **competent** employees.
波士頓銀行致力於留住**能力佳的**員工。

- work with a competent team　與能力佳的團隊合作
- fulfill a role competently　稱職地做好份內之事

147 ★

☐ **deserve**
☐ [dɪˋzɝv]
☐

動 值得，應得

deserved 形 應得的，
當之無愧的

Mr. Han **deserves** the promotion because of his high sales figures.
韓先生被升遷是他**應得的**，因為他的銷售業績十分優異。

- deserve to *do* 值得……

148 ★

☐ **remarkable**
☐ [rɪˋmɑrkəbl]
☐

形 值得注意的，非凡的

remark 動 說起，評論說
　　　名 言辭，評論
remarkably 副 引人注目地

The CEO's great leadership resulted in **remarkable** success.
執行長優異的領導能力造就了**非凡的**成功。

- have a remarkable ability 有非凡的能力
- give introductory remarks 做開場致詞
- a remarkably stylish jacket
  一件引人注目的時髦夾克

149 ★

☐ **devote**
☐ [dɪˋvot]
☐

動 將……用於；將……貢獻給

devoted 形 奉獻的

近 dedicate 奉獻

The workshop **devotes** enough time to increasing team productivity.
研討會**投入**充足的時間以提升團隊生產力。

- devote A to B 將 A 用於／奉獻給 B
- be devoted to 用於／奉獻於……

150 ★

☐ **knowledgeable**
☐ [ˋnɑlɪdʒəbl]
☐

形 有知識的，博學的，有見識的

knowledge 名 知識

近 well-informed
非常熟悉的；消息靈通的

Ms. Reese is **knowledgeable** about her team members' strengths.
瑞絲小姐對其團隊成員的強項**十分了解**。

- be knowledgeable about 對……很了解
- have extensive knowledge 有廣泛的知識

Part 1

施工・作業描述 必考單字 025

請仔細聆聽下方單字和例句，並把焦點放在與**施工**、**作業**有關的照片中會出現的東西，以及針對**人物狀態**或**動作**的描述上。

■ **work on** 修理；改善
The man is **working on** a machine.
那男人正在修理機器。

■ **repair** 修理
Some workers are **repairing** a walkway.
一些工人正在維修走道。

■ **install** 安裝
A window is being **installed**.
一扇窗戶正在被安裝。

■ **assemble** 組裝；聚集
They are **assembling** some shelves.
他們正在組裝一些架子。

■ **load** 裝載
He is **loading** a vehicle with boxes.
他正在將箱子裝載至車輛上。

■ **wear** 穿戴
They are **wearing** helmets.
他們正在穿戴安全帽。

■ **railing** 欄杆；(樓梯) 扶手
One of the men is installing a **railing**.
其中一名男子正在安裝欄杆。

■ **light** 燈；光線
A **light** is hanging from the ceiling.
一盞燈懸在天花板上。

■ **wheelbarrow** (尤指花園中的) 手推車，獨輪車
The worker is pushing a **wheelbarrow**.
工人正在推一台手推車。

■ **stack** 把……放成堆
Some boxes are **stacked** against a wall.
一些箱子被堆放靠在牆上。

■ **safety** 安全
A man is wearing **safety** glasses.
一名男子正在戴護目鏡。

■ **fix** 修理
A door is being **fixed**.
一扇門正在被維修中。

■ **equipment** 設備
Some laboratory **equipment** is being operated.
一些實驗室設備正在被操作中。

■ **sign** 標誌；簽名
Some people are setting up a road **sign**.
一些人正在設置道路標誌。

Check Up!

A 請將下列英文單字連接正確的意思。

01 appoint • • ⓐ 獎項

02 award • • ⓑ 助手，助理

03 recognize • • ⓒ 值得注意的，非凡的

04 remarkable • • ⓓ 任命，委派職務；約定

05 assistant • • ⓔ 表彰；承認；認出

B 請將符合題意的單字填入空格當中。

ⓐ deserve　ⓑ performance　ⓒ join　ⓓ headquarters　ⓔ search

06 The _____ of the sales team has achieved new heights this year.

07 After all the hard work we have done over the past year, we clearly _____ a bonus.

08 In order to _____ the office Wi-Fi connection, you must have the password.

09 The _____ of our firm is located in Taipei.

C 請選出適合填入空格的單字。

10 The newly hired tax accountant will be a ------- asset to the team.
　ⓐ value　　　　　　　ⓑ valuable

11 Mr. Yates is ------- for the role of team leader.
　ⓐ suitable　　　　　　ⓑ competent

12 It is unnecessary to reserve a seat ------- for the new employee orientation.
　ⓐ greatly　　　　　　ⓑ early

01 ⓓ 02 ⓐ 03 ⓔ 04 ⓒ 05 ⓑ 06 ⓑ 07 ⓐ 08 ⓒ 09 ⓓ 10 ⓑ 11 ⓐ 12 ⓑ

01 Ms. Holt was -------
recommended for the job
because of her negotiation
skills.

(A) carefully
(B) highly
(C) briefly
(D) early

02 Northwest Furniture held an
online sale to ------- its profits
for the third quarter.

(A) depend
(B) increase
(C) authorize
(D) assess

03 Please submit the -------
documents to the HR office by
August 1.

(A) profitable
(B) confident
(C) relevant
(D) valuable

04 New clients should return the
signed contract as -------
as possible.

(A) quickness
(B) quick
(C) quickly
(D) quicker

05 Ms. Simpson will -------
the information on the
advertisement and then send it
to the newspaper.

(A) review
(B) recruit
(C) prefer
(D) appoint

06 There is usually a drop in -------
for winter coats at Cruise
Clothing after the holiday
season.

(A) decision
(B) achievement
(C) demand
(D) focus

07 Mr. Wetzel had to ------- the
press release because it
contained several errors.

(A) revise
(B) fill
(C) indicate
(D) join

08 It is ------- for employees to
take more than one week of
vacation with a supervisor's
approval.

(A) outstanding
(B) qualified
(C) knowledgeable
(D) possible

09 Two years of experience is a
------- for the sales position at
Clement Inc.

(A) candidate
(B) promotion
(C) nomination
(D) requirement

10 Applicants should send their
résumés ------- to Coleman
Manufacturing, not to the
recruiter.

(A) director
(B) directly
(C) directs
(D) directness

11 Benson Accounting -------
hired a part-time IT technician
to set up the new database.

(A) especially
(B) recently
(C) greatly
(D) consistently

12 The new appliances factory will
------- nearly one hundred jobs
for Norwood residents.

(A) create
(B) approve
(C) devote
(D) discuss

確認昨日單字 ●請確認一下昨天學過的單字還記得多少。

人事

- outstanding
- valuable
- award
- assess
- headquarters
- transfer
- knowledgeable
- confident
- devote
- join
- evaluate
- greatly
- early
- serve
- recognize

- achievement
- competent
- nomination
- recently
- suitable
- retire
- deserve
- appoint
- remarkable
- involve
- supervisor
- performance
- search
- assistant
- dedicated

背熟的單字數量 _____ / 30

DAY 06　員工福利

● 一起看一下今天要學的單字和圖片吧！

provide
提供

consider
考慮

leave
離開

benefit
福利政策

select
選擇

encourage
鼓勵，促進

earn
賺（錢）

enhance
提高，增加

exceed
超過，勝過

entitle
給予權利，使……符合資格

separately
分開地，分隔地

normally
通常，一般地，正常地

151 ★★★
□ **provide**
□ [prəˋvaɪd]

provider (名) 提供者
provision (名) 提供，供給

 供應早餐

(動) 提供

The company will **provide** you with a staff parking pass.
公司會**提供**一張員工停車證給你。

- provide A with B (= provide B to/for A)
  將B提供給A
- provide a full refund 提供全額退款

152 ★★★
□ **include**
□ [ɪnˋklud]

inclusion (名) 包括
including (介) 包括……

(反) exclude 把……排除在外

(動) 包括

Our employee welfare system **includes** medical insurance.
我們的員工福利制度**包括**醫療保險。

- The price includes tax. 價格含稅。
- include *doing* 包含……
- be included in 被包含在……

153 ★★★
□ **require**
□ [rɪˋkwaɪr]

021
requirement (名) 要件
244
request (動) 要求，請求
         (名) 要求，請求
091
(近) need 需要

(動) 需要

Bonuses for employees **require** the HR manager's approval.
員工的獎金**需要**人資經理的批准。

- require A to *do* 要求A去……
- be required to *do* 被要求去……

154 ★★★
□ **consider**
□ [kənˋsɪdɚ]

consideration
(名) 考慮，斟酌

considerate
(形) 體貼的，周到的

considering (介) 考慮到……，就……而言

(動) 考慮；認為

Paxton Co. is **considering** allowing employees to work from home.
派克斯頓公司正在**考慮**讓員工可以在家工作。

- consider *doing* 考慮……
- after careful consideration 經過仔細的考慮之後

155 ★★★
□
□ **until**
□ [ən`tɪl]

介 連 直到……時

近 till 直到……時

This year's vacation days can be used **until** December 31.
今年的休假日可以使用**到12月31日為止**。

> **出題重點**
> 在考題中，until除了可以當作介系詞使用之外，也經常會當作連接詞使用。介系詞 until 的後方要連接**名詞（片語）**；連接詞的後方則要連接**子句「主詞＋動詞」**，請特別記住。
> ● The meeting will not begin **until** the CEO's arrival.　　　　　（介系詞）
> ● The meeting will not begin **until** the CEO arrives.　　　　　（連接詞）
> 要等執行長到來會議才會開始。

156 ★★★
□
□ **financial**
□ [faɪ`nænʃəl]

形 財政的，金融的

finance 動 向……提供資金
　　　 名 財政，金融
financially
副 財政上，金融上

Employees can receive **financial** assistance for relocating for work.
員工可以因為工作地點變遷而得到**財務**補貼。

● decide to finance studies　決定為研究提供經費
● be financially successful　富有的

157 ★★★
□
□ **leave**
□ [liv]

動 離開；留給
名 假，假日，假期

Staff can **leave** the office early on the day before a holiday.
在放假日的前一天員工可以提早**離開**辦公室。

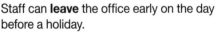

● leave for an appointment　前去赴約
● leave a message　留言
● sick leave　病假

027

158 ★★★
□
□ **support**
□ [sə`port]

名 支持，支撐；資助
動 支持，支撐；資助

supporter 名 支持者，擁護者
supportive 形 支持的，支撐的

Bryant Inc. gives **support** for building new career skills.
布萊恩特公司**支持**學習新的工作技能。

- offer technical support 提供技術支援
- support a fundraising campaign 資助募款活動

---

159 ★★★
□
□ **benefit**
□ [`bɛnəfɪt]

名 福利政策；利益，好處
動 得益，受惠

beneficial 形 有益的，有用的
163
近 advantage 好處，優勢
近 drawback 缺點，弱點

The employees are satisfied with the company's generous **benefits** package.
員工對於公司優渥的**福利待遇**感到滿意。

- a benefits package 福利待遇
- benefit from 從……受益
- the beneficial aspect of ……的好處

---

160 ★★
□
□ **payroll**
□ [`pe,rol]

名 （公司的）工資發放總額；
　　（公司員工的）在職人員工資表

pay 動 支付報酬；付款
　　名 工資

Payroll payments are made on the first of every month.
發薪日在每個月的一號。

- payroll procedures 工資發放流程

---

161 ★★★
□
□ **select**
□ [sə`lɛkt]

動 選擇
形 精選的，最優秀的

268
selection 名 選擇
selected 形 所選的，挑選出來的

近 choose 選擇

Employees should **select** their vacation days two weeks in advance.
員工應於兩周前**選定**他們的休假日。

- select a candidate to interview
  挑選應徵者來面試
- the selected provider 選定的供應商

162 ★★★

□ □ □ **cover** [ˋkʌvɚ]

㊍ 足夠支付；處理
㊔（書的）封面，封底

595
coverage ㊔ 保險項目（範圍）

Ryan Sales **covers** all expenses for employees at the conference.
萊恩銷售**支付**會議上所有員工的開銷。

- cover expenses 支付開銷
- cover reports about 關於……的封面報導

出題重點
出現在多益測驗PART 7的同義詞題目中。表達「支付（費用）」時，能與**pay**替換使用；表達「處理」時，則能與**address**替換使用。

- be **covered** by / **paid** with a deposit 用保證金支付
- **cover/address** some issues 處理一些議題

163 ★★

□ □ □ **advantage** [ədˋvæntɪdʒ]

㊔ 好處，優勢

近 benefit[159] 利益，好處
反 disadvantage 壞處，劣勢

Senior staff have the **advantage** of receiving more paid holidays.
資深員工享有取得較多特休的**好處**。

- take advantage of 利用……
- hold an advantage 享有……好處、優勢

164 ★★

□ □ □ **encourage** [ɪnˋkɝɪdʒ]

㊍ 鼓勵，促進

encouraging ㊎ 令人鼓舞的
反 discourage 使……洩氣

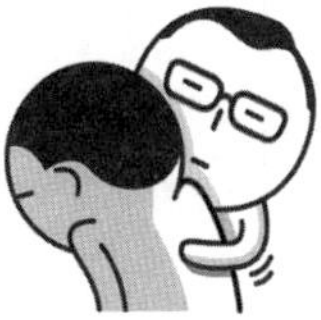

Everyone is **encouraged** to enroll in the retirement savings plan.
每個人被**鼓勵**報名退休儲蓄計畫。

- encourage A to *do* 鼓勵A去……
- be encouraged to *do* 被鼓勵去……

028

165 ★★
□
□ **competitive**
□ [kəmˋpɛtətɪv]

㊠ 具有競爭力的;競賽的

compete ㊌ 競爭
competitor ㊑ 競爭者
competition
㊑ 競爭,競賽

Our new employee was offered a **competitive** salary.
我們的新進員工可獲得**具競爭力**的薪資待遇。

- competitive prices 具有競爭力的價格
- compete with 與……競爭
- a finalist in the competition
  競賽中進入決賽的選手(團隊)

166 ★★
□
□ **intend**
□ [ɪnˋtɛnd]

㊌ (為……而)準備;想要,打算

intention ㊑ 意圖
intentional
㊠ 故意的,有意的

intentionally
㊛ 故意地,有意地

The lounge is **intended** for managers and executives only.
這間休息室僅**供**經理及高階主管們使用。

- be intended to *do* 用來……
- the intention to *do* ……的意圖
- be intentionally designed for 特意為……而設計的

167 ★★
□
□ **earn**
□ [ɝn]

㊌ 賺(錢);搏得,贏得

earnings ㊑ 薪水,工資

Mr. Baker **earned** an extra $5,000 annually after his promotion.
貝克先生升職後每年多**賺**五千美元。

- earn a reputation 博得名聲
- earn a degree/certificate 獲得學位/證照
- projected/record-high earnings 預期/史上最高所得

168 ★★
□
□ **notify**
□ [ˋnotəˌfaɪ]

㊌ 通知,告知

notice ㊑ 公告(牌)
427

notification
㊑ 通知,告知

近 inform 通知,告知
423

Please **notify** the finance team of any missed bonus payments.
如有漏付任何獎金,請**告知**財務部門。

- notify A that S + V / of + N 告知……
- be notified of 被告知……
- without written notification 沒有書面告知

169 ★
☐ **incentive**
☐ [ɪnˈsɛntɪv]

名 激勵，刺激

Dayton Sweets offers **incentives** to sales staff.
戴頓甜品公司提供**獎勵**給業務人員。

- an employee incentive program　員工鼓勵方案
- tax incentives　減稅措施

170 ★★
☐ **enhance**
☐ [ɪnˈhæns]

動 提高，增加

enhancement
名 提高，增加

enhanced 形 增加的

近 improve 改進，改善 368

The flexible work schedule **enhanced** the team's productivity.
彈性的工作時程**提升**團隊的生產力。

- enhance the customer experience　提升顧客體驗
- an enhanced audio system　強化的音響系統

171 ★★
☐ **explain**
☐ [ɪkˈsplen]

動 解釋

explanation 名 解釋

The employee handbook **explains** the vacation policy.
員工手冊**說明**了休假制度。

- explain a change/problem　解釋一項改變／問題
- provide a clear explanation　提供清楚的解釋

172 ★★
☐ **exceed**
☐ [ɪkˈsid]

動 超過，勝過

excessive
形 過分的，過度的

excessively
副 過分地，過度地

近 surpass 超過，優於

Employees' working hours should not **exceed** fifty hours per week.
員工的工作時數每周不應**超過**五十個小時。

> **出題重點**
> 以〈**動詞＋名詞**〉的組合出現在題目中，要求選出動詞詞彙。經常搭配名詞 expectation（期待）、needs（需求）一起使用，建議當成一組單字來背。
>
> - **exceed** expectations　超過預期
> - **exceed** the customers' needs　超過顧客需求

029

173 ★
☐
☐ **reimbursement** ㊔ 償還，補償
☐ [ˌriɪmˈbɝsmənt]

reimburse ㊙ 償還，補償
321
㊄ compensation 補償

You can request **reimbursement** for expenses related to your business trip.
出差相關的費用你可以申請**報銷**。

- request reimbursement for 為……申請償還、補償
- be reimbursed for 因……而得到償還、補償

174 ★
☐
☐ **relatively**
☐ [ˈrɛlətɪvlɪ]

㊎ 相對地

relate ㊙ 講，敘述；
使……有聯繫
relative ㊞ 相對的
㊔ 親戚
related ㊞ 相關的

Wages are **relatively** high for this field.
這領域的工資**相對**較高。

- be relatively inexpensive 相較之下較便宜
- be related to 與……相關
- experience in a related field 在相關領域的經驗

175 ★★
☐
☐ **influence**
☐ [ˈɪnfluəns]

㊙ 影響
㊔ 影響

113
㊄ affect 影響

The applicant's decision was **influenced** by the starting salary.
起薪**影響**這名求職者的決定。

- be influenced by 被……所影響
- have a positive/negative influence on
  對……有正面／負面的影響

176 ★
☐
☐ **entitle**
☐ [ɪnˈtaɪtl̩]

㊙ 給予權利，使……符合資格

Staff members are **entitled** to three sick days per year.
員工每年**有權**請三天病假。

題目中出現動詞 entitle 時，經常使用被動語態 **be entitled to**。to 後方會連接**名詞**，有時也會連接**原形動詞**，請特別記住。

- **be entitled to** refunds 有權申請退款
- **be entitled to** win the award 有資格贏得比賽

76

177 ★★★
☐ **separately**
☐ [ˈsɛpərɪtlɪ]
☐

(副) 分開地，分隔地

296
separate
(動)（使……）分開
(形) 分開的

Sales bonuses are paid **separately** from monthly salaries.
業績獎金跟月薪**分開**支付。

- be shipped/mailed separately 被分開運送／寄發

178 ★
☐ **aspect**
☐ [ˈæspɛkt]
☐

(名) 方面，層面

The private offices are a positive **aspect** of working here.
在這邊工作一個好的**方面**是有私人辦公室。

- a practical aspect of an analysis 一項分析的實際層面
- oversee all aspects of 監督……的所有層面

179 ★
☐ **normally**
☐ [ˈnɔrmḷɪ]
☐

(副) 通常，一般地，正常地

normal
(形) 通常的，正常的
342
(近) usually 通常，一般

Salespeople **normally** use company cars for sales calls.
業務員**通常**會使用公司配車進行業務拜訪。

- normally work eight hours a day 通常一天工作八小時
- normal working/business hours
  一般的工作／營業時間

180 ★
☐ **eager**
☐ [ˈigɚ]
☐

(形) 熱切的，渴望的

eagerly
(副) 熱切地，渴望地

Management is **eager** to improve the working environment.
管理階層**渴望**改善工作環境。

- be eager to *do* 熱切……
- eagerly await 熱切地等待

Part 1

■ **put** 放置
A man is **putting** items in a bag.
一名男子正在將物品放到包包中。

■ **plant** 植物
A man is watering a **plant**.
一名男子正在幫植物澆水。

■ **dock** 碼頭
She is walking toward a **dock**.
她正走向碼頭。

■ **hang** 懸掛
She is **hanging** up a coat.
她正在將大衣掛起來。

■ **remove** 移除
He is **removing** his gloves.
他正在把手套脫掉。

■ **climb** 爬，攀爬
They are **climbing** some stairs.
他們正在爬樓梯。

■ **pick up** 拾起
One of the women is **picking up** some luggage.
其中一名女子正在拿行李。

■ **furniture** 家具
Some **furniture** is being carried outside.
一些家具正在被搬到外面。

■ **pack** 打包，收拾
A woman is **packing** her suitcase.
一名女子正在收拾她的行李箱。

■ **picture** 照片，圖片
Some **pictures** have been hung on a wall.
一些照片被掛在牆上。

■ **take off** 脫掉
He is **taking off** a pair of glasses.
他正在將眼鏡拿下來。

■ **kneel** 跪
She is **kneeling** on the floor.
她正跪在地板上。

■ **be located** 位於
Some buildings **are located** near a park.
一些建築位於公園附近。

■ **adjust** 調整
A woman is **adjusting** some shelves.
一名女子正在調整一些架子。

Check Up!

A 請將下列英文單字連接正確的意思。

01 normally •　　　　　　　• ⓐ 通常，一般地，正常地

02 intend •　　　　　　　• ⓑ 解釋

03 explain •　　　　　　　• ⓒ 方面，層面

04 aspect •　　　　　　　• ⓓ (為……而) 準備；想要，打算

05 influence •　　　　　　　• ⓔ 影響

B 請將符合題意的單字填入空格當中。

| ⓐ eager | ⓑ separately | ⓒ payroll | ⓓ select | ⓔ consider |

06 The company's _____ is managed and updated by the financial department.

07 When making estimates for next year's sales, it is important to _____ the economy.

08 When doing the public survey, it is important that each person fill it out _____.

09 She has always been _____ to work on any project she has been given.

C 請選出適合填入空格的單字。

10 Cornell Co. ------- expectations in terms of employee benefits.
ⓐ notifies　　　　　　　ⓑ exceeds

11 The IT team offers rapid technical ------- to all employees.
ⓐ support　　　　　　　ⓑ incentive

12 Employees are ------- to confirm their vacation days with a manager.
ⓐ required　　　　　　　ⓑ covered

01 ⓐ 02 ⓓ 03 ⓑ 04 ⓒ 05 ⓔ 06 ⓒ 07 ⓔ 08 ⓑ 09 ⓐ 10 ⓑ 11 ⓐ 12 ⓐ

79

員工福利

▦ include	▦ provide
▦ leave	▦ incentive
▦ separately	▦ relatively
▦ competitive	▦ financial
▦ cover	▦ explain
▦ require	▦ select
▦ aspect	▦ reimbursement
▦ benefit	▦ support
▦ notify	▦ until
▦ intend	▦ encourage
▦ consider	▦ eager
▦ exceed	▦ enhance
▦ entitle	▦ earn
▦ advantage	▦ payroll
▦ influence	▦ normally

背熟的單字數量 _____ / 30

DAY 07　教育・活動

● 一起看一下今天要學的單字和圖片吧！

conference
會議，討論會

present
授予

registration
登記，註冊

reception
接待（會）

practice
練習，訓練

expert
專家

exceptional
異常優秀的

recipient
得到者，接受者

celebrate
慶祝

anniversary
週年紀念日

informative
提供資訊的，增長見聞的

represent
作為……的代表

國際漫畫學會

181 ★★
☐
☐ **conference** 　　㉑ 會議，討論會
☐ [ˈkɑnfərəns]

近 meeting 會面，會議　　Ms. Dixon will attend an annual **conference** for journalists.
迪克森先生將會出席一場年度新聞工作者的**會議**。

- attend a conference 出席會議
- a press conference 記者會

182 ★★★
☐ **once**
☐ [wʌns]
㊐ 一次，一回；昔日，曾經
㊋ 一旦

Once in a while, the team has a workshop for marketing.
團隊**有時**會舉辦行銷研討會。

- once in a while 有時，偶爾
- once a year/month 一年／月一次
- once the proposal is approved 一旦提案經批准

183 ★★★
☐ **hold**
☐ [hold]
㊐ 舉行；握著；容納
㉑ 延遲；掌握；支撐點

holder
㉑ 支撐物；持有人
holdings ㉑ 持股
Redmond Art Museum will **hold** a fundraising event on Saturday.
雷德蒙美術館將在周日**舉行**募款活動。

- be held annually 每年舉辦
- hold *one's* belongings 持有某人的所有物
- on hold 不掛斷電話等著；被延後

184 ★★
☐ **professional**
☐ [prəˈfɛʃənl]
㊫ 專業的，很內行的
㉑ 專業人士

professionalism ㉑ 專業精神
profession ㉑ 專業
professionally ㊐ 專業地
195
近 expert 專家
The guest speaker talked about his **professional** career.
受邀的演講者聊了他的**職業**生涯。

- a professional technician 專業技師
- industry professionals 產業專家
- differ from other professions 與其他專業領域不同

185 ★★★

□
□ **present**
□ 動 [prɪˋzɛnt]
　形 [ˋprɛzənt]

041
presentation
名 授予；呈現

presenter
名 授予者；報告人

近 give 給予

動 授予；呈現
形 在場的；當前的

The CEO **presented** awards to the best employees.
執行長**授予**獎項給最佳員工。

- present a valid ID card　拿出有效身分證件
- be present for a vote　到場投票

186 ★★★

□
□ **participant**
□ [pɑrˋtɪsəpənt]

participate 動 參與
participation 名 參與

近 attendee 出席者

名 參與者

Participants will learn about business writing at the workshop.
在這場研討會中**參與者**將學習商業寫作。

- participate in　參加……

> **出題重點**
>
> **participant vs. participation**
>
> participant 為**人物名詞**；participation（參加）則為**抽象名詞**。題目考的是分辨兩者的差異，根據題意選出適當的名詞。
>
> - as one of (**participants**/~~participation~~) in a meeting　作為會議中的參與者之一
> - request (~~participants~~/**participation**) in a workshop　要求參與研討會中

187 ★★★

□
□ **registration**
□ [ˏrɛdʒɪˋstreʃən]

register 動 登記，註冊
registered
形 已登記的，已註冊的

近 enrollment　登記

名 登記，註冊

Registration for the employee training program closes on March 3.
員工訓練課程的**登記**截止日為3月3日。

- registration for the training　登記訓練課程
- advance registration　提前登記
- register in advance　提前登記

註冊申請書

032

188 ★★
☐ **enter**
☐ [ˈɛntɚ]
☐

動 參加；進入

entrance 名 入口
entry 名 進入

Salespeople can **enter** the monthly sales competition.
業務員可以**參加**每月的銷售競賽。

- enter a building 進入建築物
- competition entries 參賽作品

189 ★★
☐ **prior**
☐ [ˈpraɪɚ]
☐

形 在先的，在前的；優先的

326
priority
名 優先（事項）

Prior to the show, the director will give a talk.
在表演開始**前**，導演將會致詞。

- prior to the meeting 在會議前
- a prior engagement 先前的約定

190 ★★
☐ **upcoming**
☐ [ˈʌp͵kʌmɪŋ]
☐

形 即將來臨的

Preparations for the **upcoming** safety training are almost finished.
即將到來的安全訓練所需的準備已大致完成。

> 出題重點
> **upcoming vs. following**
> 單字 upcoming 和 following（其次的）的意思相近，題目考的是辨別兩者的文法差異，選出適當的單字。upcoming 的意思是指在不久的將來，可譯為「**即將到來的**」；following 的意思則是指按先後次序的「**其次的**」。
> - (upcoming/~~following~~) promotions 即將到來的宣傳
> - (~~upcoming~~/following) information 下面的資訊

191 ★★
☐ **reception**
☐ [rɪˈsɛpʃən]
☐

名 接待（會）

receptionist
名 接待員

There will be a **reception** to welcome the overseas visitors.
將會有一場歡迎海外參訪者的**接待會**。

- host a reception 舉辦接待會
- the reception desk/area 接待台／區

84

192 ★★
□
□ **session**
□ [ˈsɛʃən]

图（從事某項活動的）一段時間（或集會）

New employees are required to attend the training **session**.
新員工需要參與訓練**課程**。

- a training session 訓練課程
- a question-and-answer session 問答時間

193 ★★
□
□ **practice**
□ [ˈpræktɪs]

图 練習，訓練
働 練習，訓練

practical 圈 實際的

The workshop participants will get **practice** dealing with customers.
研討會的參加者將會**練習**如何應付顧客。

- practice public speaking 練習演講
- a practical way 實際的作法

194 ★
□
□ **audience**
□ [ˈɔdɪəns]

图 聽眾，觀眾，讀者群

The instructor took questions from the **audience** at the end.
講師挑選後排**聽眾**的問題來回答。

195 ★★
□
□ **expert**
□ [ˈɛkspət]

图 專家
圈 專家的，內行的

expertise 图 專門技能（知識）
184
近 professional 專業人士

Tonight's keynote speaker is an **expert** in project management.
今晚的主講人是專案管理領域的**專家**。

- an expert in ……的專家
- seek expert advice 尋求專業建議
- expertise in ……的專業技能（知識）

196 ★★

□
□ **exceptional**
□ [ɪkˋsɛpʃən]

形 異常優秀的；例外的

exception 名 例外
exceptionally
副 例外地

except (for)
介 除了……之外

Ms. Kane has an **exceptional** ability to teach other people.
凱恩小姐的教學能力**異常優秀**。

- with no exception 沒有例外
- everyone / no one except (for)
  除了……之外，其他人都

出題重點

exceptional vs. exceptionally
題目考的是根據其修飾對象的不同，選出適當的詞性。

- enjoy (**exceptional**/~~exceptionally~~) food
  （形容詞：修飾名詞）享受美妙的餐點
- an (~~exceptional~~/**exceptionally**) talented writer
  （副詞：修飾形容詞）一位天賦異稟的作家

---

197 ★★

□
□ **organize**
□ [ˋɔrgə͵naɪz]

動 組織，安排

492
organization 名 組織
organizer 名 籌辦者
organized 形 安排有序的
054
近 arrange 安排

The HR department **organized** lectures for the employees.
人資部門為員工**安排**課程。

- organize an event 安排活動
- a well-organized office 井然有序的辦公室

---

198 ★

□
□ **honor**
□ [ˋɑnə]

名 敬意；榮譽，名譽
動 使……光榮

honorable
形 可尊敬的，高尚的

honorary
形 榮譽的，名譽的

The award was named in **honor** of the company's founder.
這座獎項的命名是為了向公司的創始人**致敬**。

- be honored to *do* 很榮幸……

---

199 ★★

□
□ **series**
□ [ˋsiriz]

名 系列

The Memphis Institute hosted a **series** of business classes.
曼非斯學院辦了一**系列**的商業課程。

- a series of 一系列的……

200 ★★
□
□ **recipient**
□ [rɪ`sɪpɪənt]

(動) 得到者，接受者

062
receive (動) 得到，接收
476
receipt (名) 收據；
得到，接收

The award **recipient** will receive a cash prize of $500.
獲獎人將得到五百美元的現金。

201 ★★
□
□ **brochure**
□ 美 [bro`ʃur]
　英 [`broʃur]

(名) 小冊子

近 booklet 小冊子
近 flyer 傳單

The guest speakers for the conference are listed in the **brochure**.
會議的受邀演講者列在**小冊子**裡。

- an enclosed brochure　隨附的小冊子
- a brochure about the venue　介紹會場的小冊子

202 ★★
□
□ **celebrate**
□ [`sɛlə,bret]

(動) 慶祝

celebration (名) 慶祝

一週年紀念

Burton Apparel **celebrated** its grand opening with a prize drawing.
伯頓服裝公司舉辦抽獎來**慶祝**其正式開幕。

- celebrate *one's* promotion　慶祝某人的升遷
- in celebration of　為了慶祝……

203 ★★★
□
□ **productivity**
□ [,prodʌk`tɪvətɪ]

(名) 生產力

361
product (名) 產品
productive (形) 高產的

The presenter gave a helpful talk on increasing team **productivity**.
講者針對增進團隊**生產力**主題，發表了一場助益良多的演講。

- increase/improve productivity　增加／改善生產力

> 出題重點
> **productivity vs. productive**
> 題目考的是根據其在句中扮演的角色，選出適當的詞性。
>
> - increase (**productivity**/~~productive~~)
>   （名詞：受詞角色）增加生產力
> - (~~productivity~~/**productive**) meetings
>   （形容詞：修飾名詞）收穫良多的會議

204 ★★
□ **timely**
□ [ˈtaɪmlɪ]
(形) 及時的，適時的

You need to submit the registration fee in a **timely** manner.
你需要**及時**繳交報名費。

• in a timely manner/fashion 及時

> 出題重點
> 請特別注意，不要一看到單字是 ly 結尾，就認定它是副詞。下方由〈名詞＋ly〉組合而成的單字皆為形容詞。
> • time 時間→ time**ly** 即時的　• cost 花費→ cost**ly** 昂貴的
> • friend 朋友→ friend**ly** 友善的 • week 週→ week**ly** 每週的

205 ★
□ **anniversary**
□ [ˌænəˈvɝsərɪ]
(名) 週年紀念日

25週年

Rogan Inc. will celebrate its 25th **anniversary** next month.
羅根公司將於下個月慶祝 25 **週年紀念日**。

• hold an anniversary party 舉行週年派對

206 ★★
□ **shortly**
□ [ˈʃɔrtlɪ]
(副) 立刻，不久

short (形) 矮的；短暫的
(副) 早，提前

(近) soon 立刻，馬上

The speaker will give handouts to audience members **shortly**.
演講者**馬上**會發給觀眾講義。

• be mailed shortly 立刻寄送
• shortly before/after 不久之前／之後
• at/on such short notice 在如此臨時的通知下

207 ★
□ **enroll**
□ [ɪnˈrol]
(動) 登記，註冊

enrollment
(名) 登記，註冊

(近) register 登記，註冊
(近) sign up 登記

Please visit our Web site to **enroll** in the class.
請到我們的網站去**登記**課程。

• enroll in 註冊……
• complete an enrollment form 完成註冊表格

208 ★★

□
□ **informative**　㊋ 提供資訊的，增長見聞的
□ [ɪnˈfɔrmətɪv]

423
inform ⑩ 通知，告知

information ⑧ 資訊

Employees learned a lot at the **informative** seminar on negotiation.
員工在這場**富含資訊的**研討會中學到許多關於協商的知識。

- an informative seminar/article/talk
  富含資訊的研討會／文章／演講
- information about/on　關於……的資訊

出題重點
informative vs. informed
這兩個單字很容易搞混，因此題目會針對兩者意思的差別出題，要求選出符合題意的單字。informative 的意思為「提供資訊的」；informed 後方則會搭配**介系詞 of** 一起使用，意思為「被告知……」。

- an (**informative**/~~informed~~) presentation
  富含資訊的報告
- be (~~informative~~/**informed**) of
  被告知……

209 ★

□
□ **occasion**　㊋ 場合；時刻；機會
□ [əˈkeʒən]

occasional ㊋ 偶爾的
occasionally ⓐ 偶爾

The hotel's ballroom is available to rent for special **occasions**.
飯店的舞廳在特殊的**場合**可供租賃。

- on occasion　有時，偶爾
- occasionally host events　偶爾會舉辦活動

210 ★★

□
□ **represent**　⑩ 作為……的代表；表現
□ [ˌrɛprɪˈzɛnt]

306
representative
⑧ 代表，代理人

representation
⑧ 代表；表現

Ms. Palmer will **represent** Simon Co. at the trade fair.
帕瑪小姐將會**代表**賽門**公司**出席交易會。

- represent a company　代表公司
- represent an improvement　表現出進步

■ **responsible** 負責的
Who's **responsible** for the advertising campaign?
誰負責廣告宣傳？

■ **arrive** 抵達
When will we **arrive** at the hotel?
我們何時可以抵達飯店？

■ **flight** 航班
Where can I book a **flight**?
我在哪裡可以訂航班呢？

■ **shipment** 運輸（的貨物）
When was the **shipment** delivered?
貨物何時發貨的？

■ **banquet** 宴會
Where's the awards **banquet** being held?
頒獎宴會在哪裡舉行呢？

■ **as soon as** 一……就……
As soon as the repair is done.
一旦修復完成。

■ **deadline** 截止日期
The **deadline** is on September 1.
截止日期為9月1日。

■ **request** 要求，請求
Who **requested** a copy of the budget?
誰索取預算副本？

■ **finish** 完成
When can you **finish** the sales report?
你何時可以完成銷售報告呢？

■ **there is/are** 有
There's one on 5th Street.
五號大街有一個。

■ **be in charge of** 負責
Mr. Kim **is in charge of** organizing the event.
金先生負責籌辦這場活動。

■ **find** 找尋
Where can I **find** the instruction manual?
我在哪裡可以找到說明書？

Check Up!

A 請將下列英文單字連接正確的意思。

01 registration •   • ⓐ 會議，討論會

02 upcoming •   • ⓑ 組織，安排

03 conference •   • ⓒ 場合；時刻；機會

04 organize •   • ⓓ 登記；註冊

05 occasion •   • ⓔ 即將來臨的

B 請將符合題意的單字填入空格當中。

ⓐ prior	ⓑ productivity	ⓒ honors	ⓓ professional	ⓔ session

06 During our _____ meeting, we discussed new ways we could save money.

07 Becoming "Salesman of the Year" was one of my greatest _____.

08 When working in the office, _____ clothing is expected.

09 The factory's _____ has seen a sharp increase in recent months.

C 請選出適合填入空格的單字。

10 The National Publishing Conference is held in Seattle ------- a year.
   ⓐ once   ⓑ shortly

11 Sergio Russo was the ------- of the Salesperson of the Year Award.
   ⓐ recipient   ⓑ practice

12 Guests at the retirement party for Ms. Pierce can enjoy ------- food.
   ⓐ exceptionally   ⓑ exceptional

01 ⓓ 02 ⓔ 03 ⓐ 04 ⓑ 05 ⓒ 06 ⓐ 07 ⓒ 08 ⓓ 09 ⓑ 10 ⓐ 11 ⓐ 12 ⓑ

教育・活動

- hold
- productivity
- practice
- shortly
- timely
- honor
- prior
- exceptional
- informative
- represent
- organize
- reception
- professional
- recipient
- occasion

- brochure
- conference
- registration
- participant
- session
- upcoming
- audience
- present
- anniversary
- enroll
- series
- expert
- enter
- once
- celebrate

背熟的單字數量 _____ / 30

DAY 08 出差・旅遊／住宿・餐廳

● 一起看一下今天要學的單字和圖片吧！

available
可獲得的，可用的

arrive
到達

popular
受歡迎的，流行的

confirm
確認，確定

transportation
交通工具

rate
價格，費用

cancel
取消

claim
索賠

ingredient
成分，材料

accommodate
容納

passenger
乘客

destination
目的地

211 ★★★
☐ **available**
☐
☐ [ə`veləbḷ]

形 可獲得的，可用的；有空的

availability 名 可得性

反 unavailable 得不到的；
抽不開身的

We have two rooms **available** for tonight.
我們今晚有兩間空房**可用**。

> 出題重點
> 通常會使用 available for 和 available to *do* 兩
> 種形態，因此題目會將空格置於 available 後方，
> 要選出介系詞 for 或 to 不定詞。
> ● **available for** morning meetings
>   有空參與晨間會議
> ● **available to** answer questions
>   有空回答問題

212 ★★★
☐ **schedule**
☐ 美 [`skɛdʒul]
☐ 英 [`ʃedjul]

動 為……安排時間
名 計劃表，日程表

scheduled 形 預定的，
照計畫的

Ms. Yan was **scheduled** to travel on
Thursday.
顏小姐**預計**在周四去旅遊。

● be scheduled to *do* 預計要……
● behind / ahead of schedule 進度落後／超前
● a scheduled departure time 預計的起飛時間

213 ★★★
☐ **locate**
☐ 美 [lo`ket]
☐ 英 [`loket]

動 使……坐落在

location 名 位置
近 position
   把……放在適當位置

The hotel is **located** near the airport.
飯店**坐落於**機場附近。

● be located in/at 坐落在……
● a specially selected location 特別挑選的地點

> 出題重點
> 出現在多益測驗 PART 7 的同義詞題目中。表達
> 「找出」的意思時，能與 **find** 替換使用。
> ● **locate/find** a restaurant 找尋一家餐廳

214 ★★★
☐
☐ **arrive**
☐ [əˋraɪv]

arrival ⑧ 到達

⑨ depart 離開

動 到達

The flight **arrives** in New York at 1:05 P.M.
這班飛機在下午1點05分會**抵達**紐約。

- arrive on time　準時抵達
- arrive from　從……抵達
- upon arrival　一抵達就……
- an anticipated arrival time　預期的抵達時間

215 ★★★
☐
☐ **expense**
☐ [ɪkˋspɛns]

expend 動 花費，消費
260
expensive 形 昂貴的
068
近 cost 費用

名 開銷

The company will pay for your travel **expenses**.
公司將會支付你的旅遊**開銷**。

- submit an expense report　繳交開支報告
- operating expenses　營業費用
- at owner's expense　由業主自付

216 ★★
☐
☐ **popular**
☐ [ˋpɑpjələ]

popularity ⑧ 流行，人氣

形 受歡迎的，流行的

This Korean restaurant is **popular** with foreign tourists.
這家韓國餐館很受外國遊客**歡迎**。

- be popular with　受……的歡迎
- a popular author　受歡迎的作者
- increasing popularity　與日俱增的人氣

217 ★★★
☐
☐ **book**
☐ [buk]

booking ⑧ 預訂，預約

近 reserve 預訂，預約

動 預訂，預約
名 書本

You can **book** a hotel room online.
你可以在線上**訂**飯店房間。

- book a room/flight/tour　訂房／機票／旅遊
- booking confirmation　預約確認

037

218 ★★
☐
☐ **transportation** 名 交通工具；運輸，運送
☐ [ˌtrænspɚˋteʃən]

transport 動 運輸，運送

Travelers can take public **transportation** from the airport.
旅客可以從機場搭大眾**運輸工具**。

- means of transportation 交通方式
- a free transportation service 免費交通服務
- transport products/freight 運送產品／貨物

219 ★★★
☐
☐ **reservation** 名 預訂，預約
☐ [ˌrɛzɚˋveʃən]

reserve 動 預訂，預約

近 booking 預訂，預約

Ms. Morrison would like to make a **reservation** for April 1.
莫里森小姐想於4月1日**訂位**。

- make/confirm a reservation 做／確認預約
- be reserved for a workshop 為了研討會而預做保留

220 ★★★
☐
☐ **confirm** 動 確認，確定
☐ [kənˋfɝm]

confirmation
名 確認，確定

We will **confirm** the reservation by e-mail.
我們將會透過電子郵件來**確認**預約。

- confirm *one's* promotion 確認某人的升遷
- confirmation number 確認號碼／訂位代碼
- serve as confirmation 作為確認

221 ★★
☐
☐ **set**
☐ [sɛt]

動 建立，設立；放置；使……處於特定狀態
形 準備好的，預先準備的；不變的，固定的

setting 名 位置，環境；
情節背景

Hotels **set** higher prices in the summer.
飯店在夏季**設定**較高的價錢。

- set a date 定下日期
- set up an appointment 定下約會
- be set to *do* 準備好要……

222 ★★
□
□ **official**
□ [əˈfɪʃəl]

形 官方的，正式的
名 官員

officially 副 官方地

We recommend the **official** guidebook to the city.
我們推薦您這本**官方的**城市導覽書。

- receive an official approval 得到正式批准
- be officially registered 正式註冊

223 ★★
□
□ **positive**
□ [ˈpɑzətɪv]

形 正面的；積極的；有把握的

positively 副 正面地；
積極地；有把握地

反 negative 反面地；
消極地

The hotel always receives **positive** feedback about its friendly staff.
這家飯店親切的員工一直得到**正面的**評價。

- have a positive effect 產生正面的影響

224 ★★
□
□ **rate**
□ [ret]

名 價格，費用；比率；速度
動 評估，評價

票價

全 票	380元
優待票	300元
團體票	340元

Groups of six or more can get a lower **rate**.
六人以上的團體可以享有更便宜的**價格**。

- at a discounted rate 以折扣價
- at an alarming rate 以驚人的速度
- a top-rated hotel 頂級的飯店

225 ★★★
□
□ **advise**
□ [ədˈvaɪz]

動 勸告，忠告

advice 名 勸告，忠告
advisor 名 顧問
advisable 形 明智的，可取的
advisory 形 給予意見的

Guests are **advised** to check out before noon.
飯店**建議**賓客於中午前辦理退房手續。

出題重點

advise A to *do* 的意思為「**建議／勸說A去……**」。
題目會將空格置於受詞後方，要選出to不定詞。

- They **advise** passengers (**to check**/~~checking~~) the schedule changes.
  他們建議乘客確認行程變動。

038

226 ★★
□ **simply**
□ [ˈsɪmplɪ]

（副）簡單地；完全地；只不過

simplify（動）使……簡化
simple（形）簡單的，容易的

（近）just 只是，僅僅

Simply present your boarding pass at the gate.
在登機門拿出你的登機證**即可**。

- simply complete a form　填寫表格即可
- a simple recipe　簡易食譜

227 ★★
□ **cancel**
□ [ˈkænsl]

（動）取消

cancellation（名）取消

The airline **canceled** the flight due to bad weather.
因為天候不佳，航空公司**取消**班機。

航班被取消……

- cancel an order　取消訂單
- cancel a membership　取消會員資格
- last-minute cancellations　緊急取消
- cancellation fee　取消費用

228 ★★
□ **unable**
□ [ʌnˈebl]

（形）不能的，不會的

（反）able 能夠的，可以的

Mr. Martin was **unable** to locate the hotel without proper directions.
馬丁先生在沒有正確的路線指示下**無法**找到飯店。

- be unable/able to *do*　不能／能……

出題重點

(un)able vs. (im)possible

單字 (un)able 和 (im)possible（（不）可能）的意思相近，題目考的是辨別兩者的文法差異，選出適當的單字。(un)able 的主詞為人，(im)possible 的主詞則**不得為人**。

- We are (**unable**/~~impossible~~) to give you a discount.
  我們無法給你優惠。
- Delaying the meeting is (~~able~~/**possible**).
  會議被耽誤到是有可能。

---

229 ★★
□ **recommendation**
□ [ˌrɛkəmɛnˈdeʃən]

名 推薦，建議

577
recommend (動) 推薦，建議

Ms. Jones asked the waiter for a
recommendation.
瓊斯先生請服務生**推薦**菜色。

- make a recommendation　做推薦
- write a recommendation letter　寫推薦信

230 ★★
□ **claim**
□ [klem]

名 索賠；權利；聲稱
動 索賠；認領；聲稱

Mr. Lee made a **claim** to the insurance
company for his lost luggage.
李先生向保險公司申請**索賠**遺失行李。

- claim procedure　索賠程序
- baggage claim　行李提領區
- claim that S + V　聲稱……

231 ★
□ **choice**
□ [tʃɔɪs]

名 選擇

choose (動) 選擇
076
近 option 選擇

The lunch set includes a **choice** of soup or
salad.
午餐套餐可以**選擇**要湯或沙拉。

- have no choice but to *do*　別無選擇只能……
- choose to *do*　選擇……

232 ★
□ **ingredient**
□ [ɪnˈɡridɪənt]

名 成分，材料；要素，因素

近 element 元素

All menu items are made from fresh
ingredients.
菜單上所有的品項皆是由新鮮**食材**烹煮而成。

- contain different ingredients　包含不同成分
- organic/local ingredients　有機／當地食材

039

233 ★★
□
□ **fully**
□ [ˈfʊlɪ]

副 完全地，全部地

full 形 完全的，全部的

The deposit for the rental car is **fully** refundable.
租車的押金可以**全額**退還。

- be fully refundable 可全額退還
- be fully equipped/furnished 配備齊全
- be full of 充滿……

---

234 ★★
□
□ **attraction**
□ [əˈtrækʃən]

名 吸引（力），有吸引力的事物

116
attract 動 吸引

attractive 形 迷人的

The city has fun **attractions** for visitors.
該城市擁有**吸引**觀光客的有趣景點。

- a tourist attraction 觀光景點
- an attractive appearance 迷人的外貌

---

235 ★
□
□ **accommodate**
□ [əˈkɑməˌdet]

動 容納；為……提供住宿；照顧到

accommodation
名 住處

accommodating
形 樂於助人的

The room can **accommodate** four people.
這間房間能**容納**四個人。

- accommodate up to 50 guests 最多容納50位賓客
- accommodate the needs of customers
  照顧到顧客的需求
- provide accommodations 提供住宿

還有位置～
快過來～

---

236 ★
□
□ **modify**
□ [ˈmɑdəˌfaɪ]

動 修改，改造

modification 名 修改，改造

078
近 revise 修訂

There is a fee for **modifying** your travel plans.
變更旅遊計畫需要另外付費。

- modify an order 修改訂單
- make a modification to 對……做修訂

237 ★
passenger
[ˈpæsn̩dʒɚ]

名 乘客

Passengers will get on the plane soon.
乘客快要登機了。

238 ★★
arrangement
[əˈrendʒmənt]

名 安排；排列；協議

054
arrange 動 安排；排列

Ms. Staton's assistant made the necessary travel **arrangements**.
史戴頓小姐的助理處理了一些必要的交通**安排**。

- make arrangements for 為……作安排
- seating arrangements 位置安排
- a contractual arrangement 合同協議

239 ★
destination
[ˌdɛstəˈneʃən]

名 目的地

You must show your ticket at the final **destination**.
你必須在**目的地**出示車票。

> **出題重點**
> 題目會以複合名詞〈名詞＋名詞〉的形式出題，因此建議將下方複合名詞當成一組單字來背。
>
> - a tourist/travel **destination** 旅遊／交通／目的地
> - a vacation **destination** 度假勝地

240 ★
itinerary
美 [aɪˈtɪnəˌrɛrɪ]
英 [aɪˈtɪnəˌrərɪ]

名 旅行計畫，預定行程

Tour participants can check the **itinerary** for a schedule of events.
遊覽參加者可以查看**旅行計畫**來得知行程安排。

- update/arrange an itinerary 更新／安排旅行計畫
- a tentative itinerary 暫定的旅行計畫

■ **receive** 得到，收到
How can I **receive** a discount?
我要如何得到折扣？

■ **different** 不同的
By using **different** channels.
透過使用不同的管道。

■ **price** 價格
What's the **price** of this laptop?
這台筆記型電腦的價格為何？

■ **quarter** 一個季度；四分之一
How much did sales increase last **quarter**?
上一季銷售成長多少？

■ **branch** 分部；旁系；樹枝
Because he will transfer to the London **branch**.
他將調派到倫敦分部。

■ **maintenance** 維護，保養
How often does the **maintenance** staff check the system?
保養人員多久會檢查系統一次？

■ **organize** 組織，安排
To **organize** the conference.
安排會議。

■ **construction** 建造，建設
The street is under **construction**.
那條街道正在建造中。

■ **expensive** 昂貴的
Why is this table so **expensive**?
為什麼這張桌子這麼昂貴？

■ **film** 電影，影片
What time does the **film** start?
電影何時開始？

■ **performance** 演出，表演
How was the **performance** yesterday?
昨天的表演如何？

■ **excellent** 極好的
I had an **excellent** time at the concert.
我在演唱會上度過極度美好的時光。

Check Up!

A 請將下列英文單字連接正確的意思。

01 locate	•	• ⓐ 乘客
02 itinerary	•	• ⓑ 簡單地；完全地；只不過
03 simply	•	• ⓒ 修改，改造
04 passenger	•	• ⓓ 使……坐落在
05 modify	•	• ⓔ 旅行計畫，預定行程

B 請將符合題意的單字填入空格當中。

> ⓐ popular　ⓑ fully　ⓒ schedule　ⓓ positive　ⓔ canceled

06 My _____ is full right now, but we can make an appointment for next week.

07 The company baseball match has been very _____ with our employees.

08 Please make sure the form is _____ filled out before returning it.

09 The director has _____ the meeting this afternoon.

C 請選出適合填入空格的單字。

10 There are still a few tables ------- for Saturday at 7 P.M.
　　ⓐ available　　　　　　　　ⓑ official

11 Tintagel Castle is a popular tourist ------- in southwest England.
　　ⓐ arrangement　　　　　　ⓑ destination

12 We are ------- to process your reimbursement request at this time.
　　ⓐ impossible　　　　　　　ⓑ unable

01 ⓓ 02 ⓔ 03 ⓑ 04 ⓐ 05 ⓒ 06 ⓒ 07 ⓐ 08 ⓑ 09 ⓔ 10 ⓐ 11 ⓑ 12 ⓑ

確認昨日單字

● 請確認一下昨天學過的單字還記得多少。

出差・旅遊／住宿・餐廳

- official
- book
- simply
- positive
- popular
- set
- schedule
- arrive
- accommodate
- arrangement
- expense
- destination
- attraction
- ingredient
- advise

- cancel
- available
- fully
- rate
- claim
- itinerary
- recommendation
- transportation
- passenger
- reservation
- locate
- confirm
- modify
- unable
- choice

背熟的單字數量 _____ / 30

DAY 09 購買・交易

● 一起看一下今天要學的單字和圖片吧！

purchase
購買

request
要求，請求

charge
收費

range
一系列

refund
退款

method
方法，方式

display
陳列，展示

numerous
許多的，大量的

exchange
交換

transaction
交易

compare
比較

exclusive
獨有的

---

241 ★★★
☐
☐ **offer**
☐ [ˋɔfɚ]

（動）主動提出；供給
（名）提議

offering（名）提供品；祭品

Augusta Furniture **offers** lower prices to new clients.
奧古斯塔家具公司**提供**給新客戶較低的價格。

- offer A B (= offer B to A)　提供B給A
- take a job offer　接受一個工作機會
- drink offerings　提供的飲品

---

242 ★★★
☐
☐ **purchase**
☐ [ˋpɝtʃəs]

（動）購買
（名）購買（物）

（近）buy 購買

Purchase the television today to get half off the original price.
今天**購買**電視可享有半價的優惠。

- make a purchase of　買⋯⋯
- as a proof of purchase　作為購買證明

---

243 ★★★
☐
☐ **interest**
☐ [ˋɪntərɪst]

（名）興趣，關心；利息；好處
（動）使⋯⋯感興趣

interested（形）感興趣的
interesting
（形）令人感興趣的

We appreciate your **interest** in our summer clothing line.
我們感謝您對我們的夏季系列服飾感**興趣**。

- a low interest rate　低利率

> 出題重點
>
> **interested vs. interesting**
> 題目考的是表達情緒的分詞用法，要求選出符合題意的分詞。
>
> - (**interested**/~~interesting~~) participants
>   （過去分詞：修飾有情緒感受的主體）感興趣的參與者
> - an (~~interested~~/**interesting**) job fair
>   （現在分詞：修飾產生情緒的原因）有意思的就業博覽會

244 ★★★

□
□ **request**
□ [rɪˈkwɛst]

153
require ⑩ 需要

⑩ 要求，請求
⑧ 要求，請求

You can **request** your money back within thirty days.
你可以在30天內**要求**退款。

- request additional information 要求額外的資訊
- a request for changes 請求變更
- per your request 按照您的要求
- on/upon request 根據要求

245 ★★★

□
□ **recent**
□ [ˈrisn̩t]

122
recently
⑧ 最近地，近期地

⑰ 最近的，近期的

We will send you a bill for your **recent** order.
我們將會將你**近期**的消費帳單寄給你。

- recent enrollment/purchase 近期登記／購買
- read a recent article 閱讀近期的文章
- in recent years 近幾年

246 ★★★

□
□ **charge**
□ [tʃɑrdʒ]

⑧ 收費；控告；照管
⑩ 收費；控告；充電

There is no additional **charge** for gift-wrapping.
包裝禮品不需額外**收費**。

- free of charge 免費
- be in charge of 負責⋯⋯
- charge a late fee 收取滯納金

247 ★★★

□
□ **discount**
□ 名 [ˈdɪskaʊnt]
 動 [dɪsˈkaʊnt]

⑧ 打折
⑩ 打折

Henley Sports is providing a ten percent **discount** on sneakers.
亨利運動用品店的運動鞋現在**打九折**。

- offer/receive a discount 提供／享有折扣
- at a discounted price 以折扣的價格

042

248 ★★★
□
□ **apply**
□ [ə`plaɪ]

⑩ 適用；申請；應用

application ⑧ 適用；
申請；應用
011
applicant ⑧ 申請者

applicable ⑱ 適用的

The membership discount does not **apply** to clearance items.
會員折扣不**適用**於出清商品。

- apply to 適用於……
- apply for 申請……
- an applicable policy 適用政策

---

249 ★★
□
□ **range**
□ [rendʒ]

⑧ 一系列；範圍
⑩ 範圍

從這邊～～到這邊

Lincoln Department Store sells a wide **range** of kitchen equipment.
林肯百貨公司販售**一系列**多樣的廚房用具。

- a wide range of 一系列多樣的……
- out of our price range 超出我們的預算
- range from A to B 範圍從A到B

---

250 ★★★
□
□ **accept**
□ [ək`sɛpt]

⑩ 接受，同意

acceptance ⑧ 接受，同意
acceptable ⑱ 可被接受的
299
⑬ reject 拒絕

Jansen Clothing **accepts** vouchers for all merchandise in the store.
在珍衫服飾店**可以用**優惠券購買店內所有商品。

- accept only cash 只收現金
- accept the position 接受職務
- be acceptable to clients 客戶可以接受的

---

251 ★★
□
□ **refund**
□ [rɪ`fʌnd]

⑧ 退款
⑩ 退款

refundable ⑱ 可退還的

我要退費

Mr. Lee asked for a **refund** for the broken microwave.
李先生因微波爐故障而要求**退款**。

- a full refund 全額退款
- tax refunds 退稅

252 ★★
☐
☐ **eligible**
☐ [ˈɛlɪdʒəbl]

⑲ 具備條件的;(作為結婚對象)理想的

近 entitled 有權的,
符合資格的

You are **eligible** to get a discount on bulk purchases.
您**有資格**獲得大批購買的折扣。

> **出題重點**
> eligible 經常使用 be eligible **for**(有……的資格)
> 和 be eligible **to** *do*(有資格……)兩種形態。
> • **be eligible for** discounts 具備享有折扣的條件
> • **be eligible to** take vacations 有資格休假

253 ★★
☐
☐ **method**
☐ [ˈmɛθəd]

⑬ 方法,方式

You can choose one of the two different payment **methods**.
您可以在這兩種不同的付款**方式**中擇一。

• choose a shipping method 選擇運貨方式

254 ★★
☐
☐ **deal**
☐ [dil]

⑬ 交易;大量
⑩ 做生意

dealing ⑬ 交易,買賣

We made a **deal** to provide tools to Yates Hardware.
我們和耶茲五金行達成**交易**,提供他們工具。

• offer special deals 提供特別優惠
• a great deal of 大量的……
• deal with 和……做生意/打交道;處理……

255 ★★
☐
☐ **valid**
☐ [ˈvælɪd]

⑲ 有效的;確鑿的

validate ⑩ 使……生效
validity ⑬ 有效性,效力

反 invalid 無效的;
站不住腳的

Customers cannot make returns without a **valid** receipt.
顧客必須持**有效**發票才可退貨。

• valid for/until 對……有效/有效期限到……為止
• a valid identification card 有效身分證件

043

256 ★★★
□ **variety**
□ [vəˈraɪətɪ]

(名) 多樣化，變化

vary (動) (使……) 不同
493
various (形) 各種各樣的

(近) diversity 多樣性

This sweater is available in a **variety** of sizes.
這件毛衣有**多種**的尺寸。

- have more variety　有更多的變化
- vary by　依……而不同

出題重點

經常搭配形容詞wide、broad、large（廣闊的）一
起使用，因此在題目中會以 **a wide/broad/large
variety of**（各式各樣的……）的形式出現。

- **a wide/broad/large variety of** items
　各式各樣的物品

---

257 ★
□ **display**
□ [dɪˈsple]

(名) 陳列，展示
(動) 陳列，展示

(近) show 顯示
(近) exhibit 展出，展覽

The newest goods were put on **display** near the
entrance.
最新的商品被**展示**在入口處附近。

- on display　展示中
- display artworks　展示藝術作品

258 ★★
□ **exactly**
□ [ɪgˈzæktlɪ]

(副) 正好，精確地

exact (形) 精確的

(近) precisely 精準地

The new air purifier is **exactly** double the price of
last year's model.
新型空氣清淨機的價格**正好**是去年型號的兩倍。

- keep A exactly the same　讓A完全維持原樣
- announce an exact schedule　公布確切的時程

259 ★
☐
☐ **numerous**
☐ [ˈnjumərəs]

名 許多的，大量的

近 a number of 若干，一些

Mr. Jacobs read **numerous** customer reviews before buying his computer.
雅各布斯先生在購買電腦前瀏覽了**大量的**顧客評論。

260 ★★
☐
☐ **expensive**
☐ [ɪkˈspɛnsɪv]

形 昂貴的

expend 動 花費，消費
215
expense 名 開銷

反 inexpensive 價錢不貴的

This equipment is too **expensive** for small businesses to purchase.
這種設備**太貴**了，小公司買不起。

● the least expensive option　最便宜的選擇

261 ★★
☐
☐ **exchange**
☐ [ɪksˈtʃendʒ]

動 交換
名 交換

我要換貨

Mr. Kirk **exchanged** the shirt for a larger one.
克爾克先生**換**了一件更大的襯衫。

● exchange A for B　用A換B
● in exchange for　換取……

262 ★
☐
☐ **reasonable**
☐ [ˈriznəbl]

形 價格公道的；合情理的

reason 名 理性；原因
reasonably 副 價格划算地；
理性地
264
近 affordable 買得起的

Green Catering delivers great food at **reasonable** prices.
綠色餐飲提供的美味食物**價格公道**。

● a reasonable price　公道價
● a reasonably priced item　價格合理的商品

044

263 ★★
□ **slightly**
□ [`slaɪtlɪ]
□

副 輕微地，稍微

slight 形 輕微的

Winter jackets become **slightly** more expensive after November.
冬天的外套在11月後會變得**稍微**貴一點。

- a slight modification/adjustment
  小幅修改／調整

264 ★★
□ **affordable**
□ [əˋfɔrdəbl]
□

形 買得起的

afford 動 買得起
262
近 reasonable 價格公道的

We offer exceptional service at an **affordable** price.
我們以**實惠的**價錢提供卓越的服務。

- can/cannot afford to *do* 有錢／沒錢……

> **出題重點**
> 以〈形容詞＋名詞〉的組合出現在題目中，要求
> 選出形容詞詞彙。經常搭配名詞 price（價格）、
> rate（費用）一起使用，建議當成一組單字來背。
>
> - at an **affordable** price/rate
>   以負擔得起的價格／費用

265 ★
□ **transaction**
□ [trænˋzækʃən]
□

名 交易

This discount only applies to online **transactions**.
此項折扣僅適用於線上**交易**。

- a transaction between companies
  公司之間的交易

266 ★
□ **alternative**
□ [ɔlˋtɝnətɪv]
□

名 選擇，供選擇的東西、辦法
形 替代的，另外的

alternate 形 交替的，間隔的
動 （使……）交替
alternatively 副 要不，或者

076
近 option 選擇

The sales clerk recommended an **alternative** to the sold-out item.
推銷員推薦了售完商品的**替代**品。

- choose an alternative 選擇另外的方案
- be an alternative to 作為……的替代方案
- alternative energy 替代能源

112

267 ★
☐
☐ **compare**
☐ [kəmˈpɛr]

⑩ 比較

comparison ⑧ 比較
comparable ⑯ 類似的，相當的

Consumers can **compare** the prices of products online.
消費者可以在線上**比較**商品的價格。

- compared to 和⋯⋯比較起來
- in comparison to 和⋯⋯比較起來
- be comparable to 和⋯⋯差不多

268 ★
☐
☐ **selection**
☐ [səˈlɛkʃən]

⑧ 選擇，可供挑選的東西

161
select ⑩ 選擇
selected ⑯ 所選的，挑選出來的
selective ⑯ 有選擇性的

You can make a **selection** from our list of products.
你可以從我們的商品清單中**挑選**。

- a selection of 精心挑選的⋯⋯
- a selected candidate 入選的候選人
- be selective about 對⋯⋯很講究

269 ★
☐
☐ **exclusive**
☐ [ɪkˈsklusɪv]

⑯ 獨有的；高檔的
⑧ 獨家新聞

exclude ⑩ 把⋯⋯排除
exclusively ⑩ 獨有地

This **exclusive** offer is for premium members only.
此項**獨家**優惠僅提供給高級會員。

- exclusive access 獨有的使用權
- for the exclusive use of 供⋯⋯獨家使用
- work exclusively with 單獨和⋯⋯共事

270 ★
☐
☐ **warranty**
☐ [ˈwɔrəntɪ]

⑧ 保固（書）

318
近 guarantee 保修單

The car comes with a three-year **warranty**.
這輛車有三年的**保固**。

- an extended warranty 延長保固
- under warranty 在保固期內

■ **replace** 替換，取代
Are you going to **replace** the broken tiles?
你要將破損的磁磚替換掉嗎？

■ **supply** 用品，供應品
Have you placed the **supply** order?
你下單購買用品了嗎？

■ **delay** 延誤
No, my flight has been **delayed**.
不，我的飛機延誤了。

■ **visit** 遊覽，參觀
Haven't you **visited** London before?
你有去過倫敦嗎？

■ **ready** 準備就緒的
Sure, it'll be **ready** in 10 minutes.
當然，十分鐘內一切將準備就緒。

■ **presentation** 報告
Will you give your **presentation** first?
你要先報告嗎？

■ **available** 有空的
Are you **available** for the interview today?
你今天有空參加面試嗎？

■ **make it** 及時趕到；成功
Do you think Ms. Kim can **make it**?
你認為金小姐有辦法及時趕到嗎？

■ **contact** 聯繫
Did you **contact** the manager?
你有聯繫經理了嗎？

■ **approve** 同意，批准
Yes, Mr. Hawkins **approved** it.
是的，這是霍金斯先生批准過的。

■ **be supposed to** *do* 理應……
Isn't it **supposed to** rain tomorrow?
明天不是應該會下雨嗎？

■ **complete** 完成
No, I haven't **completed** the report yet.
不，我還沒完成報告。

Check Up!

A 請將下列英文單字連接正確的意思。

01 compare • • ⓐ 正好，精確地
02 recent • • ⓑ 比較
03 accept • • ⓒ 最近的，近期的
04 exactly • • ⓓ 獨有的；高檔的
05 exclusive • • ⓔ 接受，同意

B 請將符合題意的單字填入空格當中。

| ⓐ exchange | ⓑ valid | ⓒ transaction | ⓓ warranty | ⓔ purchasing |

06 After _____ office supplies, please give the receipt to the financial officer.

07 The company pass is _____ only for as long as you work here.

08 Please _____ your old identity card for a new one at the front desk.

09 The _____ on this product is good for one year.

C 請選出適合填入空格的單字。

10 Mr. Hyde expressed ------- in subscribing to the service.
ⓐ interested   ⓑ interest

11 Business customers are ------- to buy the goods at the wholesale price.
ⓐ eligible   ⓑ numerous

12 Sam's Camping Supplies sells sleeping bags at ------- rates.
ⓐ affordable   ⓑ refundable

01 ⓑ 02 ⓒ 03 ⓔ 04 ⓐ 05 ⓓ 06 ⓔ 07 ⓑ 08 ⓐ 09 ⓓ 10 ⓑ 11 ⓐ 12 ⓐ

115

購買・交易

- refund
- deal
- warranty
- exclusive
- slightly
- compare
- exactly
- alternative
- affordable
- interest
- method
- exchange
- accept
- purchase
- valid

- apply
- numerous
- reasonable
- charge
- display
- discount
- expensive
- eligible
- range
- transaction
- selection
- offer
- variety
- recent
- request

背熟的單字數量 ＿＿＿＿＿＿ / 30

DAY 10　訂貨・配送

● 一起看一下今天要學的單字和圖片吧！

order
訂貨

expect
期待，預期

遲到了……

delay
延誤

package
包裹

damage
破壞，損壞

delivery
遞送

attach
附上，夾帶附件

content
內容物

全都是
庫存……

inventory
存貨

prevent
避免

口好渴……

shortage
缺乏，缺少

小心
翼翼

fragile
易損壞的

271 ★★★
☐
☐ **order**
☐ [ˈɔrdɚ]

名 訂貨；次序
動 訂貨；吩咐；整理

orderly 形 井然有序的

Your **order** can be picked up in person on Wednesday.
你可以在週三時親自取**貨**。

- complete/cancel an order 完成／取消訂單
- in / out of order 按順序／雜亂無章
- order an item online 在線上訂貨
- in an orderly manner/fashion 有條不紊地

> **出題重點**
> order經常會以 **in order to** *do* 的形式出題，譯為「為了……」，表示目的。
>
> - **In order to** attract customers, the store provides special offers.
>   為了吸引顧客，該店提供了特別的優惠。

272 ★★★
☐
☐ **process**
☐ [ˈprɑsɛs]

名 過程，步驟
動 處理，辦理

588
proceed 動 繼續進行

463
近 procedure 程序，手續

Follow the steps to complete the ordering **process**.
按照**流程**完成訂購程序。

- in the process of 在……的過程中
- an assembly process 裝配過程
- process a refund 處理退款
- processing time for ……的處理時間

273 ★★★
☐
☐ **expect**
☐ [ɪkˈspɛkt]

動 期待，預期

102
expectation 名 期待，預期

expected 形 預期要發生的

499
近 anticipate 預期，期望

Ms. Rose should **expect** to receive her goods next week.
蘿絲小姐**預計**在下週可以收到她的貨品。

- expect (A) to *do* 預期（A）……
- be expected to *do* 預計……

274 ★★★

additional
[ə'dɪʃən̩]

形 附加的，額外的

add 動 增加
018
addition 名 附加
additionally 副 此外

近 extra 額外的

Mr. Baldwin paid an **additional** fee for next-day shipping.
保德溫先生支付了隔日運送的**額外**費用。

- make additional copies　製作額外的副本
- add A to B　把A加進B

275 ★★★

delay
[dɪ'le]

名 延誤

動 延誤

047
近 postpone 延期，延遲
近 put off 延後

The bad weather caused a **delay** in sending the goods.
天候不佳造成送貨**延遲**了。

- apologize for the delay　為了延誤致歉
- without delay　準時
- be significantly delayed　大大地延誤

遲到了……

276 ★★

track
[træk]

動 追蹤，跟蹤

名 蹤跡；軌道

近 chase 追趕

You can **track** your order on our Web site.
你可以在我們的網站上**追蹤**你的訂單紀錄。

- track a shipment　追蹤貨物運送
- keep track of　記錄……

277 ★★★

ensure
[ɪn'ʃur]

動 確保

sure 形 確定的
318
近 guarantee 保證
356
近 assure 保證

Please **ensure** that the order arrives without delay.
請**確保**貨物可以準時到達。

- ensure that S + V　確保……
- be sure to *do*　一定……

278 ★★
□ **package**
□ [ˋpækɪdʒ]

名 包裹；一整套
動 把……打包（裝箱）

pack 動 打包，收拾
packaging 名 包裝材料

近 parcel 包裹

The address should be written clearly on the **package**.
包裹上需要清楚載明地址。

- a tour package 套裝旅遊行程
- pack an item for shipping 包裝貨品以運送

279 ★★★
□ **place**
□ [ples]

動 放置
名 地方，位置

placement 名 找到合適的位置；臨時職位

近 put 放置

Please **place** your parcel on the scale.
請將你的包裹**放**在秤上。

- place an order/advertisement 下訂單／登廣告
- take place 發生
- in place of 代替……

280 ★★★
□ **damage**
□ [ˋdæmɪdʒ]

名 破壞，損壞
動 破壞，損壞

damaged 形 損壞的
damaging 形 產生危害的

Our special packaging protects glass vases from **damage**.
我們特殊的包裝可防止玻璃花瓶**損壞**。

- damage to 對……造成損害
- be damaged during 在……的過程中損壞
- a damaged item 損壞貨品

281 ★★
□ **express**
□ [ɪkˋsprɛs]

動 表達
形 快遞的

expression 名 表達；神色；措詞

Mr. Bon **expressed** his disappointment over the damaged goods.
馮先生對損壞的貨物**表示**失望。

- express concerns/regret 表達擔憂／後悔
- by express mail 透過快遞信件
- an expression of interest 表達興趣

---

282 ★★
☐ **stock**
☐ [stɑk]

名 存貨，庫存
動 儲備，備貨

近 ²⁸⁹ inventory 存貨

These laptops are out of **stock** at the moment.
這些型號的筆記型電腦目前沒有**存貨**。

- in / out of stock 有／沒有庫存
- stock alternative items 儲備另外的貨品

283 ★★
☐ **delivery**
☐ [dɪˋlɪvərɪ]

名 遞送

deliver 動 遞送；給出

Bright Appliances provides a free home **delivery** service.
光明家電提供免費**送貨**到府的服務。

- update a delivery address 更新遞送地址
- deliver orders 遞送貨物
- deliver a speech/talk 發表演講

284 ★★
☐ **currently**
☐ [ˋkɝəntlɪ]

副 目前

current ⁵⁴³ 形 目前的

近 now 現在

Unfortunately, the ordering system is **currently** unavailable.
很遺憾地，**目前**訂貨系統無法使用。

出題重點

副詞 currently 通常會與**現在式**或**現在進行式**一起使用。該副詞詞彙的空格會置於現在式或現在進行式的句子中，因此答題線索為時態。

- The item is **currently** out of stock.
  這項商品目前缺貨中。
- Mr. Park is **currently** reviewing job applications.
  帕克先生正在檢閱應徵文件。

---

048

285 ★★
□
□ **attach**
□ [ə'tætʃ]

attachment ㉛ 附件，附屬物
attached ㊫ 附帶的；喜愛的

(動) 附上，夾帶附件

We will **attach** a receipt to your order form.
我們將會在你的訂單表中**附上**發票。

- attach A to B 將A附在B中
- be attached to an e-mail 附在電子郵件中
- an attached file/document 附件

286 ★★
□
□ **original**
□ [ə'rɪdʒən!]

origin ㉛ 起源
originally ㊐ 起初

(㊫) 起初的，原創的
(㉛) 原稿，真跡

All returned items must be sent in their **original** packaging.
所有的退貨必須以**原**包裝寄回。

- the copy of the original 原稿的副本
- place of origin 發源地
- as originally planned 如同原先計畫

287 ★
□
□ **content**
□ ['kantɛnt]

082
contain (動) 包含

(㉛) 內容物；(文章、演講等的) 內容

The **contents** of the box are listed on the label.
標籤上列出了盒子中的**內容物**。

- an online content provider 線上內容提供商

288 ★★★
□
□ **handle**
□ ['hænd!]

handling ㉛ 處理方式

(近) deal with 處理……

(動) 處理；觸摸

Our delivery drivers **handle** hundreds of packages per day.
我們的送貨司機每天都要**處理**上百件包裹。

出題重點

出現在多益測驗 PART 7 的同義詞題目中。表達「處理（東西）」時 能與 **treat** 替換使用；表達「處理（問題）」時，則能與 **manage** 替換使用。

- carefully **handle/treat** *one's* belongings
  小心地處置某人的所屬物
- **handle/manage** issues 處理問題

---

289 ★★

□
□ **inventory**
□ 美 [ˈɪnvənˌtorɪ]
　英 [ˈɪnvəntrɪ]

近 **282** stock 存貨，庫存

全都是
庫存……

(名) 存貨；物品清單

Jay Inc. sold the remaining **inventory** during the sale.
傑伊公司於拍賣期間賣掉了剩餘的**存貨**。

* inventory control/records　庫存控管／紀錄

290 ★★

□
□ **immediately**
□ [ɪˈmidɪɪtlɪ]

immediate (形) 立即的

近 at once 立即，馬上
近 instantly 立即，馬上

(副) 立即，馬上

Rush orders will be sent out **immediately** after receiving payment.
緊急訂單將在收款後**立即**出貨。

* immediately before/after　就在此之前／後
* take immediate action　立即行動
* an immediate supervisor　直屬主管

291 ★★

□
□ **shipment**
□ [ˈʃɪpmənt]

ship (動) 運輸
shipping (名) 運輸

近 cargo 貨物

(名) 運輸的（貨物）

A shipping and handling fee is added to each **shipment**.
每批**貨物**將加上運費和手續費。

* during shipment　在運送中
* a shipping charge　運費

292 ★★

□
□ **personal**
□ [ˈpɝsn̩l]

personalized (形) 為某人特製的
person (名) 人
personally (副) 就個人而言

近 private 私人的

(形) 個人的，私人的

The **personal** information on your address label will not be shared.
你地址標籤上的**個人**資訊不會外流。

* personalized items　個性化商品
* in person　親自

293 ★★
☐
☐ **standard**
☐ [ˋstændəd]

近 regular 一般的 ³⁵⁰

形 標準的，規範的
名 標準，水準

The **standard** delivery option is free of charge.
標準配送選項是免費的。

- a standard room 標準房
- higher standards of quality 高品質標準
- safety standards 安全標準

294 ★
☐
☐ **load**
☐ [lod]

反 unload 卸載

名 裝載（的貨物）
動 裝載；把……載入電腦

Delivery personnel must carry heavy **loads** together.
送貨人員必須將重**物**一同攜帶。

- load restrictions/limits 重量限制
- a loading bay/dock 裝貨海灣／碼頭

295 ★
☐
☐ **prevent**
☐ [prɪˋvɛnt]

prevention 名 避免
preventive
形 防止的，預防的

動 避免

The company uses special packaging to **prevent** damage to items.
這家公司用特殊的包裝方式來**避免**物品損壞。

- prevent A from *doing* 避免A……
- prevent damage in shipping 避免運送過程中的損壞

296 ★★
☐
☐ **separate**
☐ 形 [ˋsɛpə,rɪt]
動 [ˋsɛpə,ret]

separation 名 分開，分隔
separately ¹⁷⁷
副 分開地，分隔地

近 divide（使……）分開
（使……）分組

形 分開的，分隔的
動（使……）分開，（使……）分隔

The books will be delivered in two **separate** boxes.
這些書將會**分別**放在兩個箱子中運送。

- use a separate entrance 用分開的入口
- separate (A) from B （將A）與B分開

124

297 ★
□
□ **sample**
□ [ˈsæmpl̩]

近 prototype 原型

名 樣品，樣本
動 品嚐

You may request a **sample** of our paint before ordering.
在訂購油漆前，你可以向我們索取**樣品**。

- prepare a product sample　準備產品樣品
- sample food items　試吃食品

口好渴……

298 ★
□
□ **shortage**
□ [ˈʃɔrtɪdʒ]

short 形 短缺的
028
近 lack 缺乏

名 缺乏，缺少

Ms. Lohan ordered more paper to avoid a **shortage**.
蘿涵小姐多訂了一些紙以防**短缺**。

- an inventory shortage　庫存短缺
- be short of　……短缺

299 ★
□
□ **reject**
□ [rɪˈdʒɛkt]

rejection 名 拒絕

近 refuse 拒絕
250
反 accept 接受

動 拒絕

The package was **rejected** due to the missing return address.
該包裹因缺少退貨地址而被**拒收**。

> **出題重點**
>
> 動詞 reject 為及物動詞，後方要連接**受詞**。因此經常會搭配名詞 **proposal**（提案）、**claim**（索賠）一起出題。
>
> - **reject** a proposal　拒絕提案
> - **reject** a claim　拒絕索賠

300 ★
□
□ **fragile**
□ 美 [ˈfrædʒəl]
　英 [ˈfrædʒaɪl]

形 易損壞的

小心
翼翼

Fragile items are always packed with extra care.
易碎物品總是特別小心地包裝。

- handle fragile items　處理易碎物品

■ **submit** 提交
I have just **submitted** the proposal.
我剛剛已經呈交提案了。

■ **report** 報告；報導
Yes, I finished the budget **report**.
是的，我完成經費報告了。

■ **actually** 事實上
Actually, I just ordered the dish.
其實我剛剛已經點了這道菜。

■ **vacation** 休假，度假
I'll be on **vacation** next Monday.
我下周一將休假。

■ **candidate** 候選人，應徵者
You prefer the experienced **candidate**, don't you?
你比較喜歡有經驗的應徵者對吧？

■ **excuse** 原諒，寬恕
Excuse me, I have an appointment with Dr. Green.
不好意思，我和格林醫生有約。

■ **figure** 數字；圖表
No, it was this month's sales **figures**.
不，這是這個月的銷售數字。

■ **lease** 租約，租契
This **lease** can be renewed, right?
這項租約可以再續約對吧？

■ **local** 當地的
I'll visit the **local** restaurant.
我將拜訪那家當地的餐廳。

■ **purchase** 購買（物）
Your **purchase** order is not complete.
您的採購訂單尚未完成。

■ **retirement** 退休；退役
You've been invited to the **retirement** party, haven't you?
你被邀請參加退休派對，對吧？

■ **option** 選擇；選擇權
I think that **option** is best.
我認為那個選項是最適宜的。

Check Up!

A 請將下列英文單字連接正確的意思。

01 additional •
02 handle •
03 immediately •
04 stock •
05 personal •

• ⓐ 立即，馬上
• ⓑ 存貨，庫存
• ⓒ 附加的，額外的
• ⓓ 個人的，私人的
• ⓔ 處理；觸摸

B 請將符合題意的單字填入空格當中。

> ⓐ original　ⓑ express　ⓒ rejected　ⓓ expect　ⓔ currently

06 We _____ sales to triple over the next five years.

07 _____, we have more than fifty people working in this office.

08 I gave a copy of the report to the manager and kept the _____.

09 Unfortunately, my request to management for vacation time was
_____.

C 請選出適合填入空格的單字。

10 The warehouse workers ------- the address labels to the top of each
box.
ⓐ attach　　　　　　ⓑ process

11 Large orders may have to be loaded onto two or more ------- trucks.
ⓐ separately　　　　ⓑ separate

12 Please use extra packing materials for fragile items to ------- damage.
ⓐ prevent　　　　　ⓑ place

127

01 Burlington Inn is -------
the best hotel for business
travelers.

(A) modified
(B) located
(C) enrolled
(D) considered

02 Fast Airlines offers a number
of flights to San Francisco at
------- prices.

(A) affordable
(B) affords
(C) afforded
(D) afford

03 According to the tracking
information, the package
is ------- at a sorting facility.

(A) immediately
(B) fully
(C) normally
(D) currently

04 Ms. Sandia received a discount
on the blender because it was
------- scratched.

(A) slighter
(B) slight
(C) slightly
(D) slightest

05 Maloney International will host
a ------- of lunchtime lectures
for all staff members.

(A) shortage
(B) recipient
(C) series
(D) method

06 Express shipping is ------- for
a small additional charge of
$5.95.

(A) available
(B) recent
(C) exceptional
(D) fragile

07 Ms. Henderson's salary as the branch manager ------- her expectations.

(A) ensured
(B) exceeded
(C) practiced
(D) compared

08 To view our hand-crafted wooden furniture, ------- visit our Web site at www. meridithfurniture.com.

(A) relatively
(B) exactly
(C) separately
(D) simply

09 Edgar Inc. ------- three weeks of paid vacation time to full-time employees every year.

(A) requires
(B) provides
(C) purchases
(D) earns

10 The vice president led a training session on the best ways to increase team -------.

(A) produces
(B) productive
(C) productivity
(D) productively

11 The new Web site allows us to ------- special requests from customers easily.

(A) entitle
(B) handle
(C) attach
(D) influence

12 The management team wants many employees to register for the ------- workshop on leadership.

(A) upcoming
(B) eligible
(C) numerous
(D) eager

訂貨・配送

- original
- sample
- personal
- package
- reject
- damage
- currently
- process
- attach
- prevent
- delay
- stock
- immediately
- standard
- shortage

- express
- expect
- track
- order
- delivery
- handle
- additional
- ensure
- fragile
- load
- place
- inventory
- separate
- content
- shipment

背熟的單字數量 _____ / 30

DAY 11 顧客服務

● 一起看一下今天要學的單字和圖片吧！

return
退回，歸還

keep
（使……）保持（某狀態）

address
處理

solution
解決辦法，解決方案

apologize
道歉

comment
評論，評價

guarantee
保證

complaint
投訴；抱怨

compensation
補償，賠償（金）

reliable
可信賴的，可靠的

priority
優先（事項）

commitment
承諾

301 ★★★
□
□ **customer**
□ [ˋkʌstəmɚ]

名 顧客，客戶

customized
形 訂製的，客製化的

近 client 客戶
近 patron 主顧

Home Mart's fast delivery service increases **customer** satisfaction.
家碼特的快速送貨服務提升了**顧客**滿意度。

- customer satisfaction/confidence 顧客滿意度／信心
- a loyal/regular customer 老客戶，常客
- a customized item 客製化商品

302 ★★★
□
□ **complete**
□ [kəmˋplit]

動 填寫；完成
形 完全的，徹底的

completion 名 完成
582
completely
副 完全地，徹底地

近 fill out 填寫

You should **complete** the survey with your honest opinions.
你應該在這份問卷調查上**填寫**真實的想法。

- a complete explanation 完整的說明
- upon completion of the research 研究一完成後

303 ★★★
□
□ **return**
□ [rɪˋtɝn]

動 退回，歸還；恢復，回到
名 返回，歸還；收益

Customers can **return** products to the store within thirty days.
顧客可以在30天內將商品**退回**商店。

- return to 退回……，還給……
- a return policy 退貨政策，商品退換細則
- improve return rates 改善報酬率

304 ★★
□
□ **form**
□ [fɔrm]

名 表格；形狀；形式
動 構成，形成

formal 形 正式的

近 format 模式

Please sign your name at the bottom of the refund request **form**.
請在退款申請**表格**的下方簽上您的大名。

- an application form 申請書，申請表
- complete/fill out the form 填寫表格
- form a team 組成一個團隊

305 ★★★

□
□ **keep**
□ [kip]

（動）（使……）保持（某狀態）；繼續（做）；保留

（近）maintain 保持，維持

We always **keep** your personal information secure.
我們向來**確保**您個人資訊的安全。

- keep in touch with 與……保持聯繫
- keep (on) *doing* 繼續做……
- keep a receipt 保留收據

DAY 11　顧客服務

306 ★★★

□
□ **representative**
□ [ˌrɛprɪˈzɛntətɪv]

（名）代表，代理人
（形）有代表性的

210
represent
（動）作為……的代表；表現

representation
（名）代表；表現

Our customer service **representatives** will answer any of your questions.
本公司的客服**代表**將回答您的任何問題。

> **出題重點**
>
> **representative vs. represent**
> 題目考的是根據其在句中扮演的角色，選出適當的詞性。
>
> - They found a qualified sales (**representative**/represent).
>   （名詞：動詞的受詞）
>   他們找到了合格的業務代表。
> - She will (representative/**represent**) the company.
>   （動詞：敘述主詞的狀態）
>   她將會代表公司。

307 ★★

□
□ **address**
□ [əˈdrɛs]

（動）處理；在……上寫姓名、地址；
　　對……發表演說
（名）地址；演說

案件：解決客訴問題

Today's meeting will **address** our return policy.
今天的會議將**處理**我們的退貨政策。

- address customer concerns 處理客戶問題
- address a package 在包裹上寫姓名、地址
- an inspiring keynote address
  一場具啟發性的重要演講

052

308 ★★★
□
□ **respond**
□ [rɪˋspɑnd]

動 回答，回應

response 名 回答，回應
responsive 形 反應積極的

近 reply 回答，答覆

We **respond** to customer complaints within minutes.
我們在幾分鐘內**回應**客訴。

- respond to 對……作出反應／回答
- in response to 對……作出反應
- be responsive to 對……迅速應答

309 ★★
□
□ **feedback**
□ [ˋfid,bæk]

名 回饋

The online movie service received positive **feedback** from users.
線上電影服務收到了用戶正面的**回饋**。

- provide *one's* feedback to 向……提供某人的回饋
- feedback on/about 關於……的回饋

310 ★★
□
□ **solution**
□ [səˋluʃən]

名 解決辦法，解決方案

solve 動 解決，解答

近 answer 解答

The client demanded an immediate **solution** to the problem.
客戶要求立即**解決**這個問題。

- an innovative/sensible solution
  創新的／明智的解決辦法
- offer a solution to 提供解決……的辦法
- solve a problem 解決問題

311 ★★
□
□ **apologize**
□ [əˋpɑlə,dʒaɪz]

動 道歉

非常抱歉

apology 名 道歉

The sales clerk **apologized** for the tear in the jacket.
售貨員為夾克上的裂口**道歉**。

- sincerely apologize for 為……真誠地道歉
- a sincere apology for 為……而真誠的道歉

134

☐
☐ **resolve**
☐ [rɪˋzɑlv]

動 解決；決定

resolution 名 解決；決定
055
近 settle 解決

Ms. Carter called the service center to **resolve** the payment issue.
卡特小姐打電話給服務中心**解決**付款的問題。

出題重點
出現在多益測驗 PART 7 的同義詞題目中。表達「解決（問題），想出（解決方案）」的意思時，能與 **settle** 和 **work out** 替換使用。

- **resolve/settle** a matter 解決問題
- **resolve/work out** the details 想出細節

☐
☐ **correct**
☐ [kəˋrɛkt]

動 改正，更正
形 正確的，無誤的

correction 名 改正，更正
correctly 副 正確地

反 incorrect 不正確的，錯誤的

We will **correct** the error on your bill right away.
我們會馬上**更正**您帳單上的錯誤。

- correct an error 更正錯誤
- provide correct information 提供正確的資訊
- make a correction 訂正
- be addressed correctly 正確地處理

☐
☐ **comment**
☐ [ˋkɑmɛnt]

名 評論，評價
動 評論，評價

Thank you for your online **comment** about our magazine.
感謝您對本雜誌的線上**評論**。

- a comment on/about 對……評論
- seek public comment 徵求公眾意見

☐
☐ **reward**
☐ [rɪˋwɔrd]

名 報答，獎賞
動 報答，獎賞

rewarding 形 有回報的

The coupons are a **reward** for regular patrons.
優惠券是對老顧客的一種**答謝**。

- cash rewards 現金回饋
- have a rewarding experience 擁有具有回報的經驗

053

316 ★★★

□
□ **promptly**
□ [ˈprɑmptlɪ]

副 立即地，迅速地

prompt
形 立即的，迅速地
290
近 immediately
立即，馬上

近 right away
立刻，馬上

Mr. Cabrera **promptly** called the client back.
卡布雷拉先生**立即**向客戶回電。

出題重點

promptly會出現在副詞詞彙題中，空格通常會置於
submit（提交）、respond（應答）等動詞的前方或後
方，用來修飾動詞。

* be submitted **promptly**
  立即提
* **promptly** respond to all questions
  馬上回答所有問題

---

317 ★★

□
□ **aware**
□ [əˈwɛr]

形 意識到的，知道的

awareness 名 意識

反 unaware
未意識到的，不知道的

Please be **aware** that there is a $5 fee for late
payments.
請**注意**，逾期繳納要多收五美元。

* be aware of / that S + V 注意到……
* raise public awareness of 提高……的公眾意識

318 ★★

□
□ **guarantee**
□ [ˌgærənˈti]

動 保證；保修
名 保證；保修單

356
近 assure 保證，確保
270
近 warranty 保固（書）

Fleetwood Sports **guarantees** the quality of its
basketball shoes.
弗利特伍德運動用品店對其出售的籃球鞋提供品質
保證。

* guarantee availability 保證可使用
* a one-year guarantee 一年的保固期

319 ★★

□
□ **complaint**
□ [kəmˈplent]

名 投訴；抱怨

complain 動 投訴；抱怨

Grayson Theater lowered its ticket prices in
response to **complaints**.
葛雷森劇院以降低票價的方式來回應**客訴**。

* make/file a complaint 提出投訴
* complain about/of 投訴……；抱怨……

320 ★★
□ **inconvenience**
□ [ˌɪnkən`vinjəns]
□

㊔ 不方便，麻煩

inconvenient ㊏ 不便利的

㊃ convenience 便利

The delivery delay will cause a major **inconvenience**.
延期交貨將造成很大的**不便**。

- apologize for the inconvenience
  為造成的不便致歉

321 ★★
□ **compensation**
□ [ˌkɑmpən`seʃən]
□

㊔ 補償，賠償（金）

compensate ㊙ 補償，賠償

Ms. Song received **compensation** for her broken phone.
宋女士收到了手機損壞的**賠償金**。

- offer compensation for 對……提供補償
- compensate A for B 因為 B 賠償 A

322 ★★
□ **frequent**
□ [`frikwənt]
□

㊏ 頻繁的，時常發生的

frequently
㊐ 頻繁地，時常發生地

Frequent customers can join NS Clothing's discount program.
常客可以加入NS 服飾的折扣方案。

- frequent customers 常客，老顧客
- a frequent flyer 飛行常客
- frequently asked questions (FAQ) 常見問題

323 ★
□ **inquire**
□ [ɪn`kwaɪr]
□

㊙ 詢問，打聽

inquiry ㊔ 詢問，打聽

㊒ ask 詢問

Please visit the counter to **inquire** about gift-wrapping.
請至櫃檯**詢問**禮品包裝。

- inquire about 打聽……
- Thank you for your inquiry. 感謝您的詢問。

054

324 ★★
□
□ **reliable**
□ [rɪˈlaɪəbl]

(形) 可信賴的，可靠的

498
rely (動) 依賴，依靠

reliability (名) 可信賴性
reliably (副) 可靠地，確實地

Innotech's after-sales service is as **reliable** as its products.
創科公司的售後服務和其產品一樣**值得信賴**。

> **出題重點**
> **reliable vs. reliably**
> 題目考的是根據其修飾對象的不同，選出適當的詞性。
> • the (**reliable**/~~reliably~~) service
>   （形容詞：修飾名詞）可靠的服務
> • function (~~reliable~~/**reliably**)
>   （副詞：修飾動詞）穩定運作

325 ★★
□
□ **satisfied**
□ [ˈsætɪsˌfaɪd]

(形) 滿意的，滿足的

satisfy (動) 滿意，滿足
satisfying (形) 令人滿意的
satisfaction (名) 滿意（度）

(近) dissatisfied 不滿的，
不滿足的

Mr. Larsen was **satisfied** with the restaurant's attentive staff.
拉森先生對餐廳細心的工作人員**感到滿意**。

• be satisfied with 對……感到滿意
• a satisfied/dissatisfied customer
  滿意的／不滿的顧客
• satisfy *one's* needs/demand
  滿足某人的需求／要求

326 ★
□
□ **priority**
□ [praɪˈɔrətɪ]

(名) 優先（事項）

189
prior (形) 優先的

今天要做的事

1躺著
2帶小狗散步
3把美劇一次追完

Urban Decor's top **priority** is processing customer requests quickly.
城市裝潢公司的第一**優先事項**是快速處理客戶的要求。

• the top/highest priority 首要事項，優先事項
• a priority of ……的優先事項

327 ★★
☐
☐ **attempt**
☐ [ə'tɛmpt]

動 試圖，企圖
名 嘗試

近 try 試圖

The store manager **attempted** to explain the store policy clearly.
店經理**試圖**把商店的規定解釋清楚。

- attempt to *do* 試圖去……
- in an attempt to *do* 試圖去……

328 ★★
☐
☐ **defective**
☐ [dɪ'fɛktɪv]

形 有缺陷的，有瑕疵的

defect 名 缺點，缺陷

You can get a replacement for any **defective** product.
任何**有瑕疵的**商品皆可換貨。

- defective items/goods 瑕疵品

329 ★
☐
☐ **commitment**
☐ [kə'mɪtmənt]

名 承諾；奉獻

commit 動 使……投入

近 dedication 奉獻

DT Inc. has a strong **commitment** to serving its customers' needs.
DT 公司大力**承諾**會滿足客戶的需求。

- have/make a commitment to 承諾要……
- be committed to 致力於……

330 ★
☐
☐ **complimentary**
☐ [ˌkɑmplə'mɛntərɪ]

形 贈送的；讚美的

compliment 名 讚美

近 free 免費的

Sparkle Café offers **complimentary** dessert to regular customers.
火花咖啡館提供**免費的**甜點給老客戶。

- include complimentary breakfast 含免費早餐

瞄準聽力測驗重點！

Part 2	應答問題 必考單字
	請仔細聆聽下方單字，以及**二選一問題**的常考問句和答句範例。

■ **leave** 離去
Should we **leave** now or wait a bit?
我們應該現在離開還是再等一會兒？

■ **express** 快遞的
Do you want to use basic or **express** shipping?
您想用標準運輸還是快遞呢？

■ **prefer** 寧可，更喜歡
I **prefer** Italian food.
我更喜歡義大利菜。

■ **break** 休息
Our lunch **break** is 30 minutes long.
我們的午休時間有30分鐘長。

■ **accept** 接受
We don't **accept** credit cards.
我們不接受信用卡。

■ **favorite** 特別喜歡的人或物
Both of them are my **favorite**.
這兩個都是我的最愛。

■ **cater** 提供飲食，承辦（宴席）
Are you having the party **catered** or going to a restaurant?
你打算派對請外燴來辦席還是去餐廳？

■ **copy** 副本
Can I submit this original receipt, or should I make a **copy** of it?
我可以直接交收據的正本，還是要影印一份？

■ **order** 訂購
Should I **order** the office supplies online or buy them at the store?
我應該在網路上訂購辦公用品還是去店裡買？

■ **client** 客戶
Will you meet the **client** today or tomorrow?
你是今天還是明天要見客戶？

■ **either** （兩者之中）任何一個
I can use **either** of them.
這兩個我哪個都可以用。

■ **appointment** 約定，正式約會
Would you like to cancel the **appointment** or not?
您要不要取消預約？

Check Up!

A 請將下列英文單字連接正確的意思。

01 complimentary •　　　　　　　• ⓐ 意識到的，知道的

02 attempt •　　　　　　　　• ⓑ 試圖，企圖

03 respond •　　　　　　　　• ⓒ 承諾；奉獻

04 aware •　　　　　　　　　• ⓓ 贈送的；讚美的

05 commitment •　　　　　　　• ⓔ 回答，回應

B 請將符合題意的單字填入空格當中。

ⓐ complete　　ⓑ addressed　　ⓒ defective　　ⓓ complaint　　ⓔ reward

06 It's important to _____ all assignments before the deadline.

07 All issues with coworkers must be _____ in the proper way.

08 He worked hard all year and his _____ was a promotion.

09 We will do our best to fix any _____ product you may purchase.

C 請選出適合填入空格的單字。

10 Shoppers should use the customer service counter to -------
merchandise to the store.
　ⓐ return　　　　　　　　ⓑ guarantee

11 HT Internet is one of the most ------- service providers in the region.
　ⓐ reliable　　　　　　　　ⓑ reliably

12 Overall, customers are ------- with Primo Software's technical support
hotline.
　ⓐ correct　　　　　　　　ⓑ satisfied

01 ⓓ 02 ⓑ 03 ⓔ 04 ⓐ 05 ⓒ 06 ⓐ 07 ⓑ 08 ⓔ 09 ⓒ 10 ⓐ 11 ⓐ 12 ⓑ

顧客服務

- commitment
- return
- complimentary
- guarantee
- promptly
- reliable
- address
- solution
- priority
- reward
- representative
- frequent
- compensation
- resolve
- inquire

- feedback
- complete
- keep
- customer
- defective
- inconvenience
- form
- complaint
- correct
- respond
- attempt
- apologize
- satisfied
- comment
- aware

背熟的單字數量 _____ / 30

DAY 12 維護・整修・管理

● 一起看一下今天要學的單字和圖片吧！

instead
作為替代

identify
辨識

estimate
估計，估價（單）

renovate
翻新，整修

cause
造成，導致

measure
測量

extensive
廣闊的

remove
移除

sudden
突然的

disruption
妨礙，中斷

assure
保證，確保

connect
連接

331 ★★★
☐
☐ **note**
☐ [not]

notable (形) 顯著的

動 注意
名 筆記；便條；紙幣；音符

Please **note** that there is wet paint on the walls.
請**注意**，牆上的油漆未乾。

- note that S + V 注意……
- take/make a note of 作筆記……，把……記下來
- a notable speaker 著名的講者

332 ★★★
☐
☐ **repair**
☐ [rɪ`pɛr]

近 fix 修理，維修

動 修理，修補
名 修理，修補

Mr. Edwards **repaired** the broken door in the lobby.
愛德華茲先生把大廳壞掉的門**修好**了。

- repair a damaged item 修理損壞的物品
- in need of repair 需要修理
- under repair 正在修理，在修理中

333 ★★★
☐
☐ **instead**
☐ [ɪn`stɛd]

近 alternatively
要不，或者

副 作為替代

牛奶
要換成
豆漿～

Main Street was under repair, so we took Broad Street **instead**.
緬因街在施工，所以我們**改**走布羅德街。

- instead of 作為……的替代，而非

334 ★★★
☐
☐ **maintenance**
☐ [`mentənəns]

maintain (動) 維護，保養

名 維護，保養

This copier is currently shut down for **maintenance** work.
這台影印機目前因**維修**工作而關閉了電源。

- maintenance work 維修工作
- the maintenance department 維修部門
- maintain steady sales 維持穩定的業績

144

335 ★★★
☐
☐ **identify**
☐ [aɪˋdɛntəˏfaɪ]

動 發現；辨識

identification
名 識別；身分證

identity 名 身分

他就是兇手!!!

The technician **identified** the reason for the system's malfunction.
技術人員**查明**了系統故障的原因。

- identify a reason for 找出……的原因
- bring an employee identification 攜帶員工識別證

336 ★★★
☐
☐ **replace**
☐ [rɪˋples]

動 取代

replacement
名 代替物，代理人；
替換

566
近 substitute
用……代替

The old tools should be **replaced** with new equipment.
老舊的用具應要**換成**新的設備。

- a replacement part 備件，替換零件
- a replacement for the position 職務代理人

出題重點

replace vs. substitute

replace 和 substitute 的意思相近，請學會區分兩者的差別。replace 連接的受詞指的是**要替換的舊對象**；substitute 連接的受詞指的則是**被替換後的新對象**。

- **replace** old furniture with new one
  用新家具替換舊家具
- **substitute** new furniture for old one
  用新家具取代舊家具

---

337 ★★★
☐
☐ **estimate**
☐ 名 [ˋɛstəˏmət]
　動 [ˋɛstəˏmet]

名 估計，估價（單）

動 估計，估價

估價單

Ms. Briggs requested a cost **estimate** for the landscaping.
布里格斯女士索取園林造景的費用**估價單**。

- a rough estimate 粗略估計
- an estimated delivery date 預計交貨日期

338 ★★
□ **renovate**
□ [ˈrɛnəˌvet]
□

動 翻新，整修

renovation
名 翻新，整修

Austin Insurance will **renovate** the lobby of its headquarters.
奧斯丁保險公司將對其總部的大廳進行**翻新**工程。

- be recently renovated 最近重新裝修
- begin a renovation project 開始翻修工程

339 ★★
□ **finally**
□ [ˈfaɪn!ɪ]
□

副 最後，終於

086
finalize 動 最後定下
final 形 最後的，最終的

近 eventually 最後，終於
近 lastly 最後

The supplies for the building project have **finally** arrived.
用於建案的材料**終於**到貨了。

- be finally approved 終於被批准了
- a final decision 最終的決定

340 ★★
□ **cause**
□ [kɔz]
□

動 造成，導致
名 原因，理由

The leaky pipe **caused** damage to the wall.
漏水的水管**導致**牆壁受損。

- cause A to *do* 造成 A……
- the cause of a problem 問題的原因

341 ★★★
□ **clearly**
□ [ˈklɪrlɪ]
□

副 清楚地，顯然地

584
clear
形 清楚的，顯然的

近 obviously 顯然地

Please describe the issue **clearly** on the work request form.
請在工作需求申請單上**清楚**說明問題。

> 出題重點
> **clearly vs. clear**
> 題目考的是根據其在句中扮演的角色，選出適當的詞性。
>
> - be (**clearly**/~~clear~~) visible
>   （副詞：修飾形容詞）清晰可見
> - make the report (~~clearly~~/**clear**)
>   （形容詞：補語角色）把報告寫清楚

342 ★★
□ **usually**
□ [ˈjuʒʊəlɪ]

副 通常，一般

usual 形 通常的，一般的
179
近 normally 通常

The new system **usually** takes a day to install.
新系統**通常**需要一天的時間來安裝。

- usually arrive early 通常提前到達
- as usual 像往常一樣，照例

343 ★★
□ **measure**
□ [ˈmɛʒɚ]

動 測量
名 方法，措施

measurement
名 測量；(複) 尺碼

Ms. Hastings **measured** the floor to install a new carpet.
海斯廷斯小姐**測量**了一下地板以便安裝新地毯。

- safety/security measures 安全／防護措施
- correct/accurate measurements
  正確的／準確的測量

344 ★
□ **interrupt**
□ [ˌɪntəˈrʌpt]

動 打斷，短暫中止

interruption 名 打斷，短暫中止

Database maintenance will **interrupt** service for three hours.
資料庫維護將**中斷**服務三小時。

- interrupt the services of 中斷……的服務
- without interruption 不間斷地，連續不斷地

345 ★★
□ **temporary**
□ [ˈtɛmpəˌrɛrɪ]

形 暫時的，臨時的

temporarily 副 暫時地，臨時地

近 tentative 暫定的，臨時的
024
近 permanent 永久的，固定的

We moved to a **temporary** office space during the renovations.
在裝修工程進行期間，我們搬到了**臨時**辦公室。

- take a temporary measure 採取臨時措施
- temporarily block the entrance 暫時封鎖入口

346 ★★

□
□ **plumbing**
□ [ˈplʌmɪŋ]

plumber ⑧ 水電工

⑧ 水管裝置，管路系統

The inspector found some leaks in the **plumbing**.
檢查員發現**管路**中有幾處漏水。

- problems with the plumbing system
  管路系統有問題

347 ★★★

□
□ **extensive**
□ [ɪkˈstɛnsɪv]

464
extend ⑩ 延長；擴展

extension
⑧ 延長；擴展；分機

extensively
⑩ 廣大地，廣泛地

⑱ 廣闊的，大面積的，覆蓋範圍廣的

The office looked very different after an **extensive** renovation.
辦公室經過**大規模**整修後，看起來煥然一新。

- be extensively reviewed 受到廣泛審查

> **出題重點**
> 以〈**形容詞＋名詞**〉的組合出現在題目中，要求選出形容詞詞彙。經常搭配名詞 experience（經歷）、research（研究）、knowledge（知識）一起使用，建議當成一組單字來背。
>
> - **extensive** experience 豐富的經驗
> - **extensive** knowledge 廣泛的知識

348 ★★

□
□ **function**
□ [ˈfʌŋkʃən]

functionality ⑧ 功能 (性)
functional ⑱ 功能上的
372
囲 operate 運作
反 malfunction 故障，失靈

⑩ 運轉，工作
⑧ 功能

The cordless drill **functions** best when the battery is full.
當電池充滿電時，無線電鑽機的**運作**效能最佳。

- function reliably 穩定運作
- a power-saver function 省電功能

349 ★★

□
□ **remove**
□ [rɪˈmuv]

removal ⑧ 移除；免職

removable
⑱ 可去除的，可拆裝的

⑩ 移除；免職

The crew **removed** the dirty wallpaper from inside the room.
工作人員將骯髒的壁紙從房間裡**移**了出來。

- be removed from 從……處移走；從……（職位）被免職
- removal of trash 移除垃圾

350 ★★
☐
☐ **regular**
☐ [ˈrɛgjələ]

彤 定期的，規律的；一般的

regularly 副 定期地
353
近 routine 例行的，一般的
反 irregular 不定期的

The elevators in the building should have **regular** safety checks.
大樓裡的電梯應該**定期**進行安全檢查。

- on a regular basis　定期地
- regular business hours　一般營業時間
- meet regularly　定期會面

351 ★★
☐
☐ **sudden**
☐ [ˈsʌdn̩]

彤 突然的

suddenly 副 突然地

The **sudden** power outage was caused by old wiring.
這次**突然**斷電是因為線路老舊。

- a sudden increase/surge in　……突然增加
- suddenly become popular　突然走紅

352 ★★
☐
☐ **restoration**
☐ [ˌrɛstəˈreʃən]

名 修復，恢復，歸還

restore
動 修復，使……恢復，歸還

The **restoration** work returned the museum to its original condition.
整修工程使博物館恢復到原本的樣貌。

- the restoration of　……的修復
- restore A to B　將 A 恢復到 B 的狀態

353 ★
☐
☐ **routine**
☐ [ruˈtin]

彤 例行的，一般的
名 例行公事，常規

routinely 副 例行地，一般地
350
近 regular 定期的，
規律的；一般的

The factory performs **routine** maintenance on its facilities weekly.
這家工廠每週對其設備進行**例行性**維護。

- routine maintenance　例行性維護
- *one's* daily routine　某人的每日例行公事
- routinely ask for feedback　定期要求回饋

354 ★★
disruption
[dɪsˈrʌpʃən]

(名) 妨礙，中斷

disrupt (動) 妨礙，中斷

(近) interruption
打斷，短暫中止

Maintenance activity caused **disruptions** to rail services.
維修作業導致鐵路服務的**中斷**。

- minimize disruptions　盡量減少干擾
- disrupt a schedule　打斷進度

355 ★★
properly
[ˈprɑpəlɪ]

(副) 恰當地，正確地

proper (形) 恰當的，正確的

The cables must be **properly** set up by an expert engineer.
電纜必須由專業的工程師來**妥善**安裝。

- work/function properly　正常工作／運作
- the proper use of a machine　正確使用機器

356 ★
assure
[əˈʃʊr]

(動) 保證，確保

assurance (名) 保證；自信
318
(近) guarantee 保證

Mr. Selby **assured** us that the materials were strong enough.
塞爾比先生向我們**保證**這些材料夠堅實。

> **出題重點**
>
> **assure vs. ensure**
>
> assure 為授與動詞；ensure 為完全及物動詞，請學會區分兩者的差別。
>
> - He (**assured**/~~ensured~~) us that repairs would be done on time.
>   （授與動詞：主詞＋動詞＋間接受詞＋直接受詞）
>   他向我們保證會準時完成維修。
> - He (~~assured~~/**ensured**) that repairs would be done on time.
>   （完全及物動詞：主詞＋動詞＋受詞）
>   他保證會準時完成維修。

357 ★★

□
□ **inspection** 　　㊂ 檢查，檢驗
□ [ɪnˈspɛkʃən]

inspect ㊊ 檢查，檢驗
inspector
㊂ 檢查員，驗貨員

㊐ examination 檢查

The next safety **inspection** is scheduled for
November 15.
下一次安全**檢查**定於11月15日進行。

- the inspection of a building　建物檢查
- be inspected monthly　每月檢查
- a certified inspector　有證照的檢查員

358 ★★

□
□ **particular** 　　㊙ 特別的，特定的
□ [pəˈtɪkjələ]

particularly
㊙ 特別地，尤其
056
㊐ specific
特定的

This **particular** space is only used for storing tools.
這個**特定**空間僅用於存放工具。

- in particular　特別是
- in a particular area　在特定地區；在某一特定領域
- be particularly effective in　在……特別有效

359 ★

□
□ **examine** 　　㊊ 檢查；考核
□ [ɪgˈzæmɪn]

examination
㊂ 檢查；考試

㊐ inspect 檢查，檢驗

Mr. Tyler **examined** the machinery to find the
problem.
泰勒先生**檢查**了機器，想要找出問題。

- examine strategies　檢驗策略
- schedule an examination　安排檢查／考試

360 ★

□
□ **connect** 　　㊊ 連接；把……聯繫起來
□ [kəˈnɛkt]

connection
㊂ 連接；關聯

connected
㊙ 連接的；有關聯的

Ms. Garber's computer is **connected** to the main
printer.
加伯女士的電腦與主要印表機**連接**。

- connection between A and B　A與B之間的連接／關聯
- business connections　業務往來
- stay connected with　跟……保持聯繫

瞄準聽力測驗重點！

應答問題 必考單字 060

請仔細聆聽下方單字，以及**向對方提出建議**、**請求**、**尋求對方同意**的常考問句和答句範例。

■ **let's** （建議）讓我們……
Let's meet at the restaurant.
我們在餐廳碰面吧。

■ **would like to** *do* 想要……
Would you **like to** meet this Friday?
這個星期五你想見個面嗎？

■ **Why don't you . . . ?**
你為什麼不……？
Why don't you call the maintenance team?
你為什麼不打電話給維修部門呢？

■ **close** 關，結束
Yes, you can **close** the store earlier today.
對，今天你可以早點關店。

■ **include** 包括，計入
Sure, I will **include** the maps in the brochure.
當然，我會把地圖列入小冊子裡。

■ **recommend** 推薦
Would you **recommend** an informative session for me?
你可以推薦我一個資訊豐富的講座嗎？

■ **present** 呈現，報告
I'd like you to **present** your proposal at the meeting.
我想要你在會議上對你的提案進行報告。

■ **Could you . . . ?** 你能……？
Could you wait a bit more?
你能再等一會兒嗎？

■ **schedule** 進度表，時間表
Please update the **schedule** for this week.
請更新本週的進度表。

■ **extend** 延長
Can I **extend** the due date for the project?
我能延長這個企畫案的到期日嗎？

■ **Do you mind** *doing* . . . ?
你介意……？
Do you mind reviewing this budget report for me?
你介意幫我檢查這份預算報告嗎？

■ **How about** *doing* . . . ?
來……如何？
How about having a lunch together?
我們來共進午餐如何？

Check Up!

A 請將下列英文單字連接正確的意思。

01 replace　　　●　　　　　　　　　● ⓐ 特別的，特定的

02 particular　　●　　　　　　　　　● ⓑ 取代

03 function　　●　　　　　　　　　● ⓒ 妨礙，中斷

04 disruption　 ●　　　　　　　　　● ⓓ 運轉，工作

05 renovate　　●　　　　　　　　　● ⓔ 翻新，整修

B 請將符合題意的單字填入空格當中。

ⓐ assure	ⓑ examining	ⓒ sudden	ⓓ regular	ⓔ repair

06 The _____ on the item was successful. There should be no further problems.

07 Upon _____ the guarantee, I found that it was out of date.

08 We do our best to _____ all customers that our products are built to last.

09 _____ updates can be found on the company website.

C 請選出適合填入空格的單字。

10 This leaking pipe ------- needs to be repaired.
　　ⓐ clear　　　　　　　　　ⓑ clearly

11 We need an electrician with ------- experience to handle this difficult job.
　　ⓐ extensive　　　　　　　ⓑ temporary

12 The company will send me an ------- for replacing the roof.
　　ⓐ inspection　　　　　　　ⓑ estimate

確認昨日單字 ● 請確認一下昨天學過的單字還記得多少。

維護・整修・管理

- remove
- plumbing
- function
- examine
- sudden
- finally
- note
- maintenance
- inspection
- cause
- regular
- repair
- usually
- assure
- particular

- renovate
- interrupt
- instead
- identify
- temporary
- estimate
- extensive
- replace
- properly
- connect
- clearly
- restoration
- measure
- routine
- disruption

背熟的單字數量 _____ / 30

DAY 13 產品開發・生產

● 一起看一下今天要學的單字和圖片吧！

facility
設備，設施

line
（商品的）線，類別，系列

equipment
設備，配備

feature
特色

research
研究，調查

manual
使用手冊

follow
跟隨

successful
成功的，有成就的

initial
最初的，開始的

manufacture
（大量）製造

unique
獨特的，特別的

attention
注意（力），專心

361 ★★★

product
['prɑdəkt]

（名）產品，產物

produce（動）生產，製造
　　　（名）農產品

production（名）生產，製造

This new **product** will be sold in stores next year.
這項新**產品**明年將在商店販售。

- product development　產品開發
- produce up to 100 items　生產多達100項商品
- farm produce　農產品
- production costs　生產成本

362 ★★★

several
['sɛvərəl]

（形）幾個的，數個的

（代）幾個，一些

Several machines on the production floor are not working today.
今天作業區裡有好**幾部**機器壞了。

> 出題重點
>
> 題目考的是單複數的一致性，要求選出適合放在形容詞several後方的名詞。several後方要連接複數名詞，請特別記住。另外，有時也會考代名詞的用法，建議一併記住。
>
> - **several** (~~store~~/**stores**) in the area
>   本區的幾家商店
> - **Several** of them attended the meeting.
>   （代名詞用法）有些人參加了會議。

363 ★★★

facility
[fə'sɪlətɪ]

（名）設備，設施；場所

facilitate（動）促進
533
（近）amenity
便利生活設施

MP Motors recently upgraded its production **facilities** to increase output.
MP汽車公司最近將其生產**設施**升級，以增加產量。

- a tour of a facility　參觀場所
- kitchen/recreational facilities　廚房／娛樂設施
- facilitate the development of tourism
  促進觀光發展

364 ★★★
- □
- □ **allow**
- □ [əˈlaʊ]

allowance (名) 限額；津貼
488
(近) permit 允許，准許

(動) 允許，准許

Laurel Inc. **allows** product testers to keep the devices.
桂冠公司**准許**產品測試員保留器材。

- allow A to *do*　允許A做……
- a baggage allowance　行李限重

365 ★★
- □
- □ **line**
- □ [laɪn]

(名)（商品的）線，類別，系列
(動) 沿著……形成一排

Botti Foods created a new **line** of low-fat snacks.
博帝食品公司打造了**一系列**新款低脂零食。

- carry a new line of　販售新系列的……
- the production line　生產線

366 ★★★
- □
- □ **safety**
- □ [ˈseftɪ]

safe (形) 安全的
　　 (名) 保險箱
safely (副) 安全地，穩妥地

(名) 安全，平安

We have a monthly inspection to ensure facility **safety**.
我們每個月進行一次檢查，以確保設施的**安全**。

- safety gear/inspection　安全裝備／檢查
- address a safety issue　處理安全問題
- handle products safely　安全地處理產品

367 ★★★
- □
- □ **equipment**
- □ [ɪˈkwɪpmənt]

527
equip (動) 裝備，配備

(名) 設備，配備

Some of the factory **equipment** broke down due to electrical problems.
由於電路的問題，工廠的一些**設備**故障了。

出題重點

名詞 equipment 為多益測驗中具代表性的不可數名詞之一。請特別記住，該名詞前方不能加上不定冠詞 a(n)，也不能使用複數形態。

- ~~a~~ manufacturing equipment
　生產設備
- bring proper (equipment/~~equipments~~)
　攜帶適當的裝備

DAY 13　產品開發・生產

368 ★★★
□
□ **improve**
□ [ɪmˈpruv]

(動) 改進，改善

518
improvement
(名) 改進，改善

improved (形) 改良的

170
(近)enhance 提高，增加

The design team is working to **improve** the chair's shape.
設計團隊正在努力**改進**椅子的外形。

- improve the quality of 提高……的品質
- for improved user experience 為提升用戶體驗

---

369 ★★
□
□ **feature**
□ [ˈfitʃɚ]

(名) 特色
(動) 以……為主要特色

新功能

Wyatt Co.'s new smartphone has more **features** than before.
懷亞特公司新推出的智慧型手機**特色**更勝以往。

- a feature of ……的一個特色
- feature a cast 以演員陣容為號召
- a featured article 專題報導，專題文章

---

370 ★★
□
□ **material**
□ [məˈtɪrɪəl]

(名) 材料，素材

The bowl is made from a strong **material** to prevent cracking.
這個碗是用一種堅固的**材料**製成的，可防止破裂。

- construction materials 建材

---

371 ★★★
□
□ **research**
□ 美 [ˈrɪsɝtʃ]
　英 [rɪˈsɝtʃ]

(名) 研究，調查
(動) 研究，調查

---

researcher (名) 研究員

According to our **research**, users prefer larger phone screens.
根據我們的**研究**結果顯示，用戶偏好大螢幕手機。

> 出題重點
> 名詞 research 為多益測驗中具代表性的**不可數名詞**之一。而意思相近的單字有 study（研究）、survey（調查），請記住後兩個是屬於**可數名詞**。
>
> - conduct ~~a~~ **research** / a study 進行研究

372 ★★
□
□ **operate**
□ [ˈɑpəˌret]

動 操作；經營；運作

operation
名 操作；經營；運作

operator
名 操作員；接線生

operational
形 經營上的；運作中的

Workers should **operate** the cutting machine with great care.
工人在**操作**切割機時應非常小心。

- operate a machine　操作機械
- be in operation　運作中
- seek an equipment operator　徵求設備操作員
- be operational　運作中的

373 ★★
□
□ **develop**
□ [dɪˈvɛləp]

動 發展，開發

development
名 發展，開發

developer
名 開發商，開發者

Clement Software **developed** a new accounting program.
克萊門軟體公司**開發**了一款新的會計軟體。

- develop a software program　開發軟體程式
- developed/developing countries　已開發／開發中國家
- recent developments in　在……上的最新進展

374 ★★
□
□ **assembly**
□ [əˈsɛmblɪ]

名 裝配；集會

assemble 動 裝配；集合

The defect was created during the **assembly** of the car.
這個瑕疵是在車輛**裝配**的過程中造成的。

- the assembly of　……的組裝
- the assembly line/process　裝配線／過程
- assemble a team　召集團隊

375 ★★
□
□ **manual**
□ [ˈmænjʊəl]

名 使用手冊
形 用手操作的

manually 副 手工地

Check the **manual** for instructions on repairing the machine.
有關修理機器的指示，請查閱**使用手冊**。

- an employee manual　員工手冊
- consult a manual　參閱使用手冊

063

376 ★★
☐
☐ **follow**
☐ [ˈfɑlo]

（動）遵循；跟隨

following （形）接著的

All factory workers must **follow** the safety rules.
工廠全體員工都必須**遵守**安全規定。

- follow rules/instructions 遵從規章／指令
- be followed by ……緊隨其後
- the following month 下個月

377 ★★
☐
☐ **efficient**
☐ [ɪˈfɪʃənt]

（形）效率高的，有效的

efficiency （名）效能，效率
441
efficiently
（副）效率高地，有效地

We can finish the work faster with these **efficient** machines.
有了這些**效率高的**機器，我們就能更快完工。

- an energy-efficient system 節能系統

378 ★★
☐
☐ **successful**
☐ [səkˈsɛsfəl]

（形）成功的，有成就的

succeed （動）成功
success （名）成功
successfully
（副）成功地，順利地

The tests of the new hand cream were **successful**.
新款護手霜的測試**很成功**。

> **出題重點**
>
> **successful vs. successfully**
> 題目考的是根據其修飾對象的不同，選出適當的詞性。
>
> - a (**successful**/~~successfully~~) way
>   （形容詞：修飾名詞）成功之道
> - (~~successful~~/**successfully**) lead a company
>   （副詞：修飾動詞）成功地領導公司

379 ★★★
☐
☐ **innovative**
☐ 美 [ˈɪnəˌvetɪv]
☐ 英 [ˈɪnəvətɪv]

（形）創新的，新穎的

innovation （名）創新

Foley Appliances has become popular thanks to its **innovative** technology.
佛利電器公司因其**創新的**科技而變得備受歡迎。

- the most innovative product 最創新的產品

380 ★★
☐
☐ **plant**
☐ [plænt]

planting 名 種植

近 factory 工廠

名 工廠；機器設備；植物
動 種植

Westberg Autos will open a new **plant** near Chicago.
偉斯特伯格汽車公司將在芝加哥附近新開一家**工廠**。

- a printing plant　印刷廠
- plant vegetables　種蔬菜

381 ★★
☐
☐ **initial**
☐ [ɪˋnɪʃəl]

initially 副 起初，最初
593
initiate 動 開始，創始

形 最初的，開始的

The **initial** design of the laptop was thinner than the final product.
這款筆電**最初的**設計比最終成品更為輕薄。

- an initial order　首批訂貨，第一次訂購
- as initially proposed
  按照最初的提議，如最初提議的那樣

382 ★★★
☐
☐ **launch**
☐ [lɔntʃ]

動 推出，啟動
名 發布（會），發表（會）

Monterey Camping will **launch** a line of lightweight tents soon.
蒙特利露營用品店很快將會**推出**一系列輕便帳篷。

- launch an advertising campaign　展開廣告宣傳活動
- announce the launch of　宣布……的發布

383 ★★
☐
☐ **accurate**
☐ [ˋækjərɪt]

accuracy 名 準確，精確
accurately
副 準確地，精確地

反 inaccurate 不精確的
近 precise 準確的，精確的

形 準確的，精確的

You can take **accurate** measurements of the pipes with this equipment.
用這個設備可以**準確**測量出水管的尺寸。

- make accurate records　準確記錄
- accurately reflect needs　準確地反映需求

384 ★

☐
☐ **capacity** 　　　　(名) 生產能力；容量
☐ [kə`pæsətɪ]

(近) capability 能力

More workers were hired to increase the factory's production **capacity**.
更多員工受僱以增加工廠的**生產力**。

- a production [storage] capacity　生產力／儲存量
- a seating capacity　座位數量
- at full/maximum capacity　以全部／最大的生產能力

385 ★

☐
☐ **prove** 　　　　(動) 證明，證實
☐ [pruv]

proof (名) 證據，證明
proven
(形) 經過驗證或證實的

(近) turn out 結果是，證實是

The upgraded machinery **proved** to be more efficient than expected.
升級後的機器**證明**比預期的效率更高。

- prove to be easy　證明是容易的
- proof of employment　在職證明
- a proven question　已證實的問題

386 ★★★

☐
☐ **manufacture** 　　(動)（大量）製造
☐ [͵mænjə`fæktʃɚ] 　　(名) 生產

manufacturing
(名) 製造業
(形) 製造（業）的

manufacturer
(名) 廠商，製造業者

This factory **manufactures** wooden furniture for home use.
這家工廠**生產**家用木製家具。

- manufacture new products　製造新產品
- a manufacturing facility/plant　製造廠

387 ★

☐
☐ **unique** 　　　　(形) 獨特的，特別的
☐ [ju`nik]

(近) special 特別的

The table's **unique** design surprised customers.
這張桌子**獨特的**設計令顧客驚艷。

- have a unique perspective　有獨特的看法

388 ★
□
□ **description**
□ [dɪˈskrɪpʃən]

describe (動) 敘述，描寫
descriptive
(形) 描述的，說明的

名 敘述，描寫

The **description** of the product introduces its new features.
產品的**說明**介紹了它的新特色。

- a brief description of ……的簡介
- a job description 工作說明，職位描述

389 ★
□
□ **attention**
□ [əˈtɛnʃən]

attentive
(形) 專心的；體貼的

attentively
(副) 專心地；周到地

名 注意（力），專心

Please bring your **attention** to the workplace safety instructions.
請將**注意力**放在工作場所的安全須知。

- bring/pay attention to 注意到
- attention to detail 對細節的關注
- listen attentively to 注意聽……，傾聽……

大家注意～

390 ★★
□
□ **increasingly**
□ [ɪnˈkrisɪŋlɪ]

095
increase (動) 增加，增強
(名) 增加，增強

increasing (形) 正在增加的

副 漸增地，愈來愈多地

Robotic assembly is becoming **increasingly** common at our factories.
機器人裝配在我們的工廠**愈來愈**普遍了。

出題重點

increasingly vs. increasing
題目考的是根據其修飾對象的不同，選出適當的詞性。

- be (**increasingly**/~~increasing~~) using online services
  （副詞：修飾動詞）愈來愈常使用線上服務
- (~~increasingly~~/**increasing**) responsibilities
  （形容詞：修飾名詞）日益增加的責任

■ **issue** 問題，議題
The supervisor called a meeting to discuss this **issue**.
主管召開了一場會議來討論這個問題。

■ **concern** 擔心，憂慮
Mr. Whitney expressed his **concern** about the company policy.
惠特尼先生表達了他對公司政策的擔憂。

■ **release** 發行，發表
The new product has been **released**.
新產品已經發布上市了。

■ **review** 檢查；複習；評論
I have **reviewed** some survey results.
我檢視了一些調查結果。

■ **mention** 提及，談到
The manager **mentioned** nothing about the project.
經理對這個專案隻字不提。

■ **proposal** 提議，提案
You should submit your **proposal** by this Friday.
你應該在這個星期五之前呈交提案。

■ **cover** 處理
The various topics will be **covered** at the meeting tomorrow.
明天的會議將討論各種議題。

■ **committee** 委員會
The **committee** has decided to move its headquarters to another city.
委員會已經決定將公司總部遷到別的城市。

■ **potential** 潛在的，有可能的
We should identify our **potential** customers.
我們應該找出潛在客戶。

■ **edit** 編輯，校訂
Mr. Brad asked me to **edit** the report.
布萊德先生要我編輯這份報告。

■ **necessary** 必要的
It is **necessary** to make a commercial for our company.
我們公司有必要做個廣告。

■ **shift** 班，輪班
Ms. Brown worked an extra **shift** last night.
布朗小姐昨晚多輪了一個班。

Check Up!

A 請將下列英文單字連接正確的意思。

01 improve • • ⓐ 效率高的，有效的
02 efficient • • ⓑ（大量）製造
03 manufacture • • ⓒ 最初的，開始的
04 initial • • ⓓ 改進，改善
05 prove • • ⓔ 證明，證實

B 請將符合題意的單字填入空格當中。

ⓐ follow   ⓑ capacity   ⓒ increasingly   ⓓ attention   ⓔ material

06 We have become _____ concerned with the low sales figures.

07 When dealing with an angry customer, it is important to _____ company policy.

08 Before making the products, the _____ must be shipped from overseas.

09 Since the beginning of the year, the factory has been producing items at full _____.

C 請選出適合填入空格的單字。

10 The online advertisements were a ------- way to promote the product.
ⓐ successful   ⓑ successfully

11 Factory workers should bring proper ------- to the production floor.
ⓐ plant   ⓑ equipment

12 Customer feedback surveys are usually a(n) ------- source of information.
ⓐ manual   ⓑ accurate

確認昨日單字　●請確認一下昨天學過的單字還記得多少。

產品開發・生產

☐ several		☐ initial	
☐ allow		☐ feature	
☐ efficient		☐ safety	
☐ manufacture		☐ attention	
☐ assembly		☐ follow	
☐ research		☐ manual	
☐ innovative		☐ accurate	
☐ launch		☐ develop	
☐ unique		☐ description	
☐ improve		☐ product	
☐ line		☐ material	
☐ operate		☐ capacity	
☐ increasingly		☐ plant	
☐ prove		☐ facility	
☐ successful		☐ equipment	

背熟的單字數量 _____ / 30

DAY 14　一般業務 1

● 一起看一下今天要學的單字和圖片吧！

DAY 14　一般業務 1

similar
相似的，類似的

access
接近，進入

deadline
截止期限，最後限期

colleague
同事

invest
投資

gain
得到，獲得

approach
接近，靠近

urgent
緊急的，急迫的

remind
提醒

admit
承認

respected
備受尊敬的

difference
差別，不同

167

391 ★★★
□
□ **department**
□ [dɪ`pɑrtmənt]

名 (行政、企業等的) 部，司，局，處，科；
(大學的) 系

近 division 部門

Members of the IT **department** installed the new computers.
資訊**部**的人安裝了新電腦

- Human Resources Department 人力資源部，人事處
- a department head 部門主管

392 ★★★
□
□ **submit**
□ [səb`mɪt]

動 提交，呈遞

submission
名 提交，呈遞

Please **submit** your office supply requests to Mr. Kim by Friday.
請於週五前向金先生**提交**您的辦公用品申請單。

- submit an application by 在……之前提交申請書
- a submission date 提交日期

393 ★★
□
□ **similar**
□ [`sɪmələ]

形 相似的，類似的

爸爸～

similarly 副 同樣地

近 alike 相同的
反 different 不同的

Mr. Nam's management style is **similar** to Ms. Smith's.
南先生的管理模式與史密斯小姐**相似**。

- be/look similar to 與……相似
- experience in a similar position 類似職務的工作經驗

394 ★★★
□
□ **release**
□ [rɪ`lis]

動 發行，發表
名 發行，發表

The new software program will be **released** next month.
新的軟體程式將於下個月**上市**。

- release a new product 發布新產品
- release a statement 發表聲明
- a press release 新聞稿

395 ★★★
□
□ **access**
□ [ˈæksɛs]

(名) 接近，進入；(使用某物或見某人的) 權利
(動) 接近，進入；使用

515
accessible
(形) 可接近的；可使用的

This ID card gives employees **access** to the storage room.
這張識別證給予員工**進入**儲藏室的權限。

> **出題重點**
>
> **access vs. accessible**
> 題目考的是根據其在句中扮演的角色，選出適當的詞性。
>
> • limit (**access**/~~accessible~~) to the room
>   （名詞：受詞角色）限制進入房間
> • be easily (~~access~~/**accessible**) by bus
>   （形容詞：補語角色）搭公車很容易就能到達

396 ★★
□
□ **grant**
□ 美 [grænt]
　英 [grɑnt]

(動) 准予，授予
(名) 撥款，補助金

The researcher will be **granted** access to the restricted files.
該名研究員將被**授予**取用受限制檔案的權利。

2月

• grant A B　授予 B 給 A
• grant a permit　發給許可證
• win a grant　贏得補助金

397 ★★★
□
□ **deadline**
□ [ˈdɛdˌlaɪn]

(名) 截止期限，最後限期

近 due date
　期限，到期日

The **deadline** for the marketing report is February 20.
行銷報告的**截止日**是2月20日。

• a submission deadline　繳交期限
• deadline extensions　截止日延期

398 ★★★
□
□ **enclose**
□ [ɪnˈkloz]

(動) 把……附上；把……圍起來

enclosure
(名) 附件；圍起來的區域

enclosed
(形) 附上的；圍住的

I have **enclosed** a copy of the documents in the envelope.
我在信封裡**附上**了一份文件。

• complete the enclosed form　完成隨函附上的表格

067

399 ★★★

☐
☐ **closely**
☐ [ˋkloslɪ]

副 緊密地；仔細地

close 形 緊密的；仔細的
　　　副 接近地，靠近地

Yancey Construction's owner works **closely** with the city planner.

揚奇建設公司的老闆與城市規劃師**密切**合作。

- work closely with 與……密切合作
- examine the situation closely 仔細研究情況
- be close to （距離）接近……，（關係）與……親近

400 ★★

☐
☐ **colleague**
☐ [ˋkɑlig]

名 同事

近 coworker 同事
近 associate 工作夥伴

Mr. Ashmore asked his **colleagues** for some advice.

阿什莫爾先生詢問**同事**們的建議。

- socialize with colleagues 與同事社交
- a colleague of mine 我的同事

401 ★★

☐
☐ **assign**
☐ [əˋsaɪn]

動 分派；指定

assignment 名 任務；作業

The manager **assigned** the research project to Ms. Choi.

經理把研究案**分配**給崔女士。

- assign A to B 把 A 分配給 B
- be assigned to 被分配給……
- a temporary assignment 暫時的任務

402 ★★

☐
☐ **invest**
☐ [ɪnˋvɛst]

動 投資

552
investment 名 投資

investor 名 投資人

The president of Lewis Co. **invested** in new office equipment.

路易斯公司的總裁**投資**購買了新的辦公設備。

- invest (large sums) in 在……投入（大筆金額）
- attract investors 吸引投資人

403 ★★

□
□ **manage**
□ [ˈmænɪdʒ]

(動) 管理，經營；設法做到

manager (名) 經理

management
(名) 管理 (層)

managerial (形) 管理的

Ms. Hudson **manages** the budget for the personnel department.

哈德森小姐**管理**人事部門的預算。

- manage to *do* 設法……
- a manager's responsibility 經理的職責
- a managerial position/role 管理職／角色

404 ★★

□
□ **easily**
□ [ˈizɪlɪ]

(副) 容易地，輕易地

ease (名) 容易，不費力
　　(動) 減輕，緩和

easy (形) 容易的，輕易的

(近) readily
　　無困難地，容易地

Supervisors can check employees' overtime hours **easily**.

主管可以**輕易**查到員工的加班時間。

出題重點

easily vs. easy

題目考的是根據其在句中扮演的角色，選出適當的詞性。

- be (**easily**/~~easy~~) accessible
  （副詞：修飾形容詞）容易取得的
- It is (~~easily~~/**easy**) to use.
  （形容詞：補語角色）它易於使用。

---

405 ★★

□
□ **conduct**
□ [kənˈdʌkt]

(動) 進行；引導

conductor
(名) 指揮者；導體

Mr. Perry will **conduct** interviews with the candidates tomorrow.

佩里先生明天將與求職者**進行**面談。

- conduct research / a study 進行研究／調查

406 ★★

□
□ **gain**
□ [gen]

(動) 得到，獲得
(名) 收益，利潤

The design team applied to **gain** access to the photo library.

設計團隊申請**獲得**使用圖庫的權限。

- gain access to 取得接近……的機會；有使用……的權利
- gain popularity 受歡迎，有人氣
- a gain from the investment 投資所得

068

407 ★★
□ **mark**
□ [mɑrk]
□

⑩ 標記;紀念
⑧ 標記,記號

marked ⑯ 顯著的
markedly ⑩ 顯著地

The dates for meetings are usually **marked** on the calendar.
會議日期通常會**標記**在日曆上。

- mark the opening of 紀念……的開幕
- a marked improvement 顯著的改善
- become markedly better 明顯好轉

408 ★★
□ **appropriate**
□ [əˋproprɪ͵et]

⑯ 適當的,恰當的

appropriately
⑩ 適當地,恰當地
144
㊄ suitable 適當的,適合的

Purchasing training materials are an **appropriate** use of the budget.
採購培訓教材是**合理**使用預算。

- be appropriate for
  適合於……,對……來說是合適的
- select appropriate courses 選擇合適的課程
- dress appropriately for an occasion
  穿適合某種場合的衣服

409 ★★
□ **approach**
□ [əˋprotʃ]

⑧ 方法;接近,靠近
⑩ 處理;接近,靠近

395
㊄ access 接近

Their **approach** to advertising brought in new clients.
他們的廣告**方式**帶進了新客戶。

┌─────────────────────────────────┐
│ 出題重點 │
│ **approach vs. access** │
│ approach和access(靠近)的意思相近,題目考的 │
│ 是辨別兩者的差異,選出適當的單字。approach │
│ 為**可數名詞**,意思為「接近(相關問題)」;access │
│ 則為**不可數名詞**,意思為「靠近(地點);取用(資 │
│ 料)」。 │
│ │
│ • an (**approach**/~~access~~) to resolving │
│   problems │
│   解決問題的方法 │
│ • have (~~approach~~/**access**) to the database │
│   可以使用資料庫 │
└─────────────────────────────────┘

410 ★★

□
□ **progress**
□ 名 [ˈprɑɡrɛs]
　動 [prəˈɡrɛs]

progressive
形 漸進的；先進的

名 進步，進展

動 進步，進展

We discussed the **progress** of the project.
我們討論了這個專案的**進度**。

- in progress　正在進行中
- track progress　追蹤進度
- progress slowly　進度緩慢

411 ★★

□
□ **urgent**
□ [ˈɝdʒənt]

urgently
副 緊急地，急迫地

形 緊急的，急迫的

Ms. Park received an **urgent** message about the system error.
帕克小姐收到了系統錯誤的**緊急**通知。

- require urgent attention　需要迫切關注
- be in urgent need of　迫切需要……，急需……

412 ★★

□
□ **heavily**
□ [ˈhɛvɪlɪ]

heavy 形 大量的

副 在很大程度上，大量地

The sales team focused **heavily** on widening the customer base.
銷售團隊把重點**主要**放在擴大客戶群。

- be heavily discounted　大打折扣
- invest heavily in hotels　大量投資在飯店上
- heavy traffic　繁忙的交通

413 ★★

□
□ **remind**
□ [rɪˈmaɪnd]

reminder 名 提醒；通知單

明天是部長生日……

動 提醒

Ms. Lopez **reminded** her supervisor about the client visit.
羅培茲小姐**提醒**主管關於客戶來訪一事。

- remind A of/about B　使 A 想起 B，提醒 A 關於 B
- remind A to *do*　提醒 A……
- send a reminder to a customer　寄通知單給客戶

069

414 ★★

☐ **typically**
☐
☐ [ˈtɪpɪklɪ]

㊀ 一般地，典型地

typical ㊀ 典型的，
（不良品質等）一向如此的
557
㊑ generally
通常，一般地

The annual conference is **typically** held in October.
年度會議**一般**在10月舉行。

● be typical of　是……的典型

---

415 ★

☐ **correspondence**
☐
☐ [ˌkɔrəˈspɑndəns]

㊂（總稱）信件；關聯

correspond
㊁ 通信；符合，相當

correspondent
㊂ 記者，特派員

corresponding
㊀ 相應的

Please save copies of all **correspondence** from important clients.
請保存與重要客戶所有的往來**信件**。

> **出題重點**
>
> **correspondence vs. correspondent**
>
> correspondence為**抽象名詞**；correspondent（特派員）則為**人物名詞**。題目考的是分辨兩者的差異，根據題意選出適當的名詞。
>
> ● attach (**correspondence**/~~correspondent~~) with the manager　附上與經理的通信
> ● be hired as a foreign (~~correspondence~~/ **correspondent**)　受聘為駐外的特派員

---

416 ★

☐ **admit**
☐
☐ [ədˈmɪt]

㊁ 承認；允許……進入

589
admission ㊂ 承認；允許進入

都是我的錯

Mr. Murphy **admitted** his mistake regarding the mailing addresses.
墨菲先生**承認**自己弄錯了郵寄地址。

● admit that S + V　承認……
● be admitted to the area　允許進入某個地區

417 ★
☐
☐ **respected**
☐ [rɪˋspɛktɪd]

(形) 備受尊敬的

王的文字

respect (動) 尊敬
　　　(名) 敬重，敬意

respectful (形) 表示尊敬的
respectfully (副) 恭敬地

Ms. Todd is a highly **respected** team leader.
托德小姐是一位**備受尊敬的**團隊領袖。

- a respected leader　受人尊敬的領導者
- be highly/widely respected by
　受到⋯⋯高度／廣泛的尊重
- respond respectfully to　恭敬地回應⋯⋯

418 ★
☐
☐ **renewal**
☐ [rɪˋnjuəl]

(名) 延長期限；重新開始

081
renew (動) 延長⋯⋯的期限；
重新開始

The office building's owner confirmed the
renewal of the lease.
辦公大樓的業主確認**續租**了。

- a renewal of the lease　續租

419 ★
☐
☐ **difference**
☐ [ˋdɪfərəns]

(名) 差別，不同

differ (動) 不同
different (形) 不同的

There are small **differences** between the
products.
產品之間存在細微的**差別**。

- difference between A and B　A 與 B 之間的差異
- differ from　與⋯⋯不同
- be different from　與⋯⋯不一樣

420 ★
☐
☐ **smoothly**
☐ [ˋsmuðlɪ]

(副) 順利地，順暢地

smooth (形) 順利的，順暢的

The relocation to the larger office building went
smoothly.
搬到較大辦公室的事進行得**很順利**。

- go/progress/run smoothly
　順利進行／進展／運行

瞄準聽力測驗重點！

■ **awards ceremony** 頒獎典禮
All employees must attend the **awards ceremony** on Monday.
所有員工都必須參加星期一舉辦的頒獎典禮。

■ **demonstration** 展示，演示
A product **demonstration** is scheduled for 6 P.M. today.
產品展示會定於今天下午六點舉行。

■ **venue** 場所，地點
The current **venue** for the workshop is too small to hold all the people.
研討會現有的場地太小，無法容納所有的人。

■ **handout** 講義
Would you distribute the presentation **handouts** to the audience?
你能把講義資料分發給聽眾嗎？

■ **course** 課程
What business **course** will you take?
你要上什麼樣的商業課程？

■ **competition** 比賽，競賽
Mr. Spenser decided to enter a design **competition**.
斯賓塞先生決定參加一場設計比賽。

■ **international** 國際的
The third session will be about **international** markets.
第三場會議將討論國際市場。

■ **certainly** 當然，肯定地
The seminar can **certainly** help increase sales.
研討會當然有助於提升業績。

■ **celebrate** 慶祝
Are you coming to the party to **celebrate** the opening of a new branch?
你會參加慶祝新店開幕的派對嗎？

■ **technology** 科技，技術
I'd like to welcome all of you to A.H. **Technology** Conference.
歡迎大家來參加A.H.科技研討會。

■ **sponsor** 資助，贊助
The Kendrick Co. will **sponsor** a fundraising event.
肯德里克公司將贊助募款活動。

■ **charity** 慈善事業
I need to print out some flyers for a **charity** event.
我需要為一場慈善活動印一些傳單。

Check Up!

A 請將下列英文單字連接正確的意思。

01 release •   • ⓐ 延長期限；重新開始
02 closely •   • ⓑ 管理，經營；設法做到
03 manage •   • ⓒ 相似的，類似的
04 similar •   • ⓓ 發行，發表
05 renewal •   • ⓔ 緊密地；仔細地

B 請將符合題意的單字填入空格當中。

| ⓐ typically | ⓑ colleagues | ⓒ smoothly | ⓓ submit | ⓔ admit |

06 Once you have filled out your forms, please _____ them to the human resources department.

07 I do my best to get along with my _____ and create a nice working environment.

08 Today is a holiday, but _____ this office has more people working here.

09 He found it difficult to _____ that he had made a mistake in hiring Steve for the job.

C 請選出適合填入空格的單字。

10 This account will give you full ------- to the research database.
   ⓐ access   ⓑ progress

11 Employees can ------- understand the instructions in the user manual.
   ⓐ easy   ⓑ easily

12 Mr. Sheeran has to immediately deal with an ------- matter at the headquarters.
   ⓐ urgent   ⓑ appropriate

ⓐ 12 ⓑ 11 ⓐ 10 ⓔ 09 ⓐ 08 ⓑ 07 ⓓ 06 ⓒ 05 ⓒ 04 ⓑ 03 ⓔ 02 ⓓ 01

確認昨日單字 ● 請確認一下昨天學過的單字還記得多少。

一般業務 1

☐ conduct		☐ progress
☐ grant		☐ release
☐ approach		☐ admit
☐ gain		☐ department
☐ urgent		☐ appropriate
☐ typically		☐ enclose
☐ easily		☐ access
☐ similar		☐ difference
☐ correspondence		☐ respected
☐ closely		☐ mark
☐ manage		☐ colleague
☐ smoothly		☐ submit
☐ deadline		☐ renewal
☐ heavily		☐ assign
☐ invest		☐ remind

背熟的單字數量 _____ / 30

178

DAY 15 一般業務 2

● 一起看一下今天要學的單字和圖片吧！

contact
聯繫

duty
責任，職責

notice
公告（牌）

matter
事情

oversee
監督，監察

demonstrate
展示，演示

permission
允許，許可

shift
班，輪班

equally
同等地，相等地

emphasize
強調，著重

difficulty
困難

confidential
機密的，祕密的

---

421 ★★★
- **contact**
- [ˈkɑntækt]

（動）聯繫
（名）聯繫；人脈；觸摸

Please **contact** Ms. Rogers with any questions about security.
如有任何安全問題，請**聯繫**羅傑斯小姐。

- contact a supervisor　聯繫主管
- contact information　聯絡資訊
- useful contacts　有用的人脈

---

422 ★★★
- **check**
- [tʃɛk]

（動）檢查；在……上打勾
（名）檢查；支票

Employees should **check** the schedule for staff meetings.
員工應**檢查**員工會議的時間表。

- check the status of a delivery　查詢貨物運送狀態
- check in/out　辦理入住／退房手續
- present a check　出示支票

---

423 ★★★
- **inform**
- [ɪnˈfɔrm]

（動）通知，告知

information（名）資訊
208
informative（形）提供資訊的，增長見聞的

informed（形）了解情況的
168
（近）notify 通知，告知

Ms. Sandoval **informed** her team of the change in regulations.
桑多瓦小姐把規定的變更**告知**了她的團隊。

- inform A of / that S + V　通知 A 關於……
- request information　索取資料

---

424 ★★
- **duty**
- [ˈdjutɪ]

（名）責任，職責；稅

429
（近）responsibility
責任，職責

The team leader explained the job **duties** to the interns.
小組長向實習生解釋了工作**職責**。

- job duties　工作職責
- perform *one's* duties　盡某人的責任
- customs duty　關稅，進口稅

---

425 ★★★

□
□ **publish**
□ [ˈpʌblɪʃ]

publication
(名) 出版 (物)，刊登

publishing (名) 出版 (業)
publisher (名) 出版商 (社)
394
(近) release 發行，發表

(動) 出版，刊登，發布

Charlotte Enterprises **publishes** a sales report annually.
夏洛特企業每年**公布**一份銷售報告。

• publish the finalists 公布決賽入圍者
• place an ad in publications 在出版品上刊登廣告

426 ★★

□
□ **challenge**
□ [ˈtʃælɪndʒ]

challenging
(形) 具挑戰性的

(名) 挑戰
(動) 挑戰

It was a **challenge** to finish the work on time.
要準時完成這工作是一項**挑戰**。

• face/encounter a challenge 面對／遇到挑戰
• be quite challenging 非常具有挑戰性

427 ★★★

□
□ **notice**
□ [ˈnotɪs]

168
notify (動) 通知，告知

noticeable
(形) 顯而易見的，顯著的

(名) 公告 (牌)；事先通知；
　　(辭職或解僱的) 預告期

(動) 注意到

The **notice** on the wall shows the new business hours.
牆上的**公告**載明了新的營業時間。

• give one month's notice 提前一個月發出解僱通知

> **出題重點**
>
> 經常以 until further notice (在另行通知以前) 的形式出題，建議當成一組單字來背。
>
> • The store will be closed **until further notice**.
>   直至另行通知前，商店將持續關閉。

428 ★★

□
□ **task**
□ 美 [tæsk]
　英 [tɑsk]

(名) 任務，工作

Answering calls is one of the receptionist's main **tasks**.
接待員的主要**工作**之一就是接聽電話。

• complete/accomplish a task 完成任務
• a primary/key task 主要／關鍵任務

429 ★★★
□ **responsibility**
□ [rɪˌspɑnsəˈbɪlətɪ]

名 責任，職責

101
responsible 形 負責任的

responsibly 副 負責任地

424
近 duty 責任，職責

Assistants' **responsibilities** include contacting clients.
助理們的**職責**包括聯繫客戶。

- responsibilities of the assistant manager
  副理的職責
- take responsibility for 承擔……的責任

430 ★★
□ **matter**
□ [ˈmætɚ]

名 事情；問題
動 有關係，要緊

Employees should work on important **matters** first.
員工應首先處理重要**事項**。

- discuss a matter 討論某事
- as a matter of fact 事實上，其實
- no matter what 無論如何
- It doesn't matter. 沒關係。

★★
431
□ **direct**
□ [dəˈrɛkt]
□ [daɪˈrɛkt]

動 將……寄給；將……指向；指揮；指路
形 直接的；坦率的

direction 名 指揮；方向
director 名 管理者，董事
108
directly 副 直接地；坦率地

Please **direct** any questions from customers to the manager.
請**將**任何顧客的問題**寄給**經理。

- direct A to B 將A指向B；給A指路去B
- a direct flight 直飛航班

出題重點

director vs. direction

director（主管，董事）為人物名詞；direction（指示；方向）則為抽象名詞。題目考的是分辨兩者的差異，根據題意選出適當的名詞。

- a museum (**director**/~~direction~~) 博物館館長
- work under the (~~director~~/**direction**) of Mr. Simon 在賽門先生的指揮下工作

432 ★★

☐
☐ **oversee**
☐ [ˌovɚˋsi]

動 監督，監察

近 supervise 監督

我正在盯著你！

Ms. Olson **oversees** a team of five junior employees.
奧爾森小姐**監督**一個由五名較資淺員工組成的小組。

- oversee a department/project　監督部門／專案

433 ★★

☐
☐ **protect**
☐ [prəˋtɛkt]

動 保護，防護

protection 名 保護，防護
protective
形 保護的，防護的

Regal Bank **protects** customers' names and account details.
皇家銀行**保護**客戶的姓名和帳戶詳細資訊。

- protect A from B　保護 A 不受 B 的傷害
- protective gear　護具

434 ★★

☐
☐ **outline**
☐ [ˋaʊtˌlaɪn]

動 簡述，概括
名 大綱，概要

近 summarize 總結，概述

The HR director **outlined** the new vacation policy.
人資主管**簡述**了新的休假政策。

- outline the procedures　概述步驟
- a brief outline　簡短的概要

435 ★★

☐
☐ **demonstrate**
☐ [ˋdɛmənˌstret]]

動 展示，演示

demonstration
名 展示，演示

The salesperson **demonstrated** the machine's features.
售貨員**展示**了這台機器的特點。

- demonstrate a method　演示一種方法
- a product demonstration　產品展示會

073

436 ★★
□
□ **assist**
□ [ə'sɪst]

(動) 協助，援助

127
assistant (名) 助手，助理
assistance (名) 協助，援助

Senior employees should **assist** new employees with their work.
資深員工應該**協助**新員工完成工作。

- assist (A) with/in
  幫助（A）做……，在……給予（A）幫助
- provide assistance to 提供援助給……

437 ★★
□
□ **permission**
□ [pɚ'mɪʃən]

(名) 允許，准許

488
permit (動) 允許，准許
(名) 許可證

Sales staff must get **permission** to take time off.
銷售人員必須得到**許可**才可休假。

- obtain/grant permission 取得／授予許可
- have permission to *do* 被允許……

438 ★★
□
□ **authority**
□ [ə'θɔrətɪ]

(名) 權力；當局；權威人士

087
authorize (動) 批准；授權

authorization
(名) 批准；授權

The purchasing department has the **authority** to order office supplies.
採購部門有**權**訂購辦公用品。

- delegate authority to 授權給……
- the health authorities 衛生當局
- a leading authority 領導的當權派

439 ★★
□
□ **accordingly**
□ [ə'kɔrdɪŋlɪ]

(副) 照著，相應地

according to
(介) 根據……，按照……

accordance (名) 依照

Mr. Chen reviewed the feedback and changed the design **accordingly**.
陳先生審視了回饋意見，並**照著**修改設計。

- change a plan accordingly 相應地改變計劃
- according to an agreement 根據協議
- in accordance with 根據……，與……一致

440 ★★
□
□ **shift**
□ [ʃɪft]

(名) 班，輪班
(動) 轉移

Mr. Porter was very tired after working an overnight **shift**.
在輪了一夜的**班**後，波特先生非常疲憊。

- a night/day shift　夜／日班
- an extra shift　多輪一班
- a shift supervisor　值班主管

441 ★★
□
□ **efficiently**
□ [ɪˋfɪʃəntlɪ]

377
efficient
(形) 效率高的，有效的

efficiency (名) 效能，效率

(副) 效率高地，有效地

The new assembly process runs **efficiently**.
新的裝配過程進行得很**有效率**。

> **出題重點**
>
> efficiently vs. efficient
> 題目考的是根據其修飾對象的不同，選出適當的詞性。
>
> - run a business more (**efficiently**/efficient)
>   （副詞：修飾動詞）更有效率地經營事業
> - the most (efficiently/**efficient**) engine
>   （形容詞：修飾名詞）效率最高的引擎

442 ★★
□
□ **equally**
□ [ˋikwəlɪ]

equal (形) 同等的，相等的

(副) 同等地，相等地

The needs of all workers are **equally** important.
每位工人的需求都**一樣**重要。

- be equally qualified　有同等的資格
- distribute funds equally　平均分配資金
- be equal to　等於……

074

443 ★
□
□ **absence**
□ [ˈæbsn̩s]

名 不在，缺席

absent 形 不在場的，缺席的

反 presence 出席，在場

In Mr. Brown's **absence**, Ms. Owens will contact suppliers.
布朗先生**不在**時，歐文斯女士將與供應商聯繫。

- in/during *one's* absence　在某人缺席期間
- be absent from　缺席……

444 ★
□
□ **emphasize**
□ [ˈɛmfəˌsaɪz]

動 強調，著重

emphasis
名 強調，重視，重點

近 stress 強調

The manager **emphasized** time-management skills.
經理**強調**時間管理技巧。

- emphasize efficiency　強調效率
- put emphasis on　強調……，重視……

445 ★
□
□ **legal**
□ [ˈligl̩]

形 合法的，法律上的

legally
副 合法地，法律上地

反 illegal 非法的

We should solve the disagreement through the **legal** system.
我們應該通過**法律制度**來解決分歧。

- legal advice　法律諮詢
- pursue legal action　採取法律行動

446 ★
□
□ **difficulty**
□ [ˈdɪfəˌkʌltɪ]

名 困難

difficult
形 困難的；難相處的

近 trouble 麻煩，困難

Mr. Kyle had **difficulty** understanding the contract.
凱爾先生理解這份合約有**困難**。

- have difficulty (in) *doing*　……有困難
- technical difficulties　技術方面的問題
- be difficult to *do*　很難……

contribute
☐
☐ [kən'trɪbjut]
　 ['kɑntrɪbjut]

(動) 貢獻；投稿

contribution
(名) 貢獻；投稿

contributor
(名) 貢獻者；投稿人

All group members **contributed** to the success of the product.
小組全體成員都為產品的成功做出了**貢獻**。

- contribute to 為⋯⋯做貢獻；為⋯⋯寫稿
- *one's* significant contribution 某人的重大貢獻
- contributions to the May issue 五月號的投稿

draft
☐
☐ 美 [dræft]
　 英 [drɑft]

(名) 草案，草稿
(動) 起草（文件、計畫等）

Mr. May reviewed the first **draft** of the financial report yesterday.
梅先生昨天仔細看了財務報告的初**稿**。

- the final draft 最終稿
- draft an overview 擬大綱

confidential
☐
☐ [,kɑnfə'dɛnʃəl]

(形) 機密的，祕密的

confidentiality (名) 機密

Do not show this **confidential** information to your coworkers.
別把這個**機密**資料給同事看。

> **出題重點**
>
> **confidential vs. confident**
>
> confidential和confident（有自信的）很容易搞混，因此題目會針對兩者意思的差別出題，要求選出符合題意的單字。
>
> - (**confidential**/~~confident~~) information 機密資料
> - a (~~confidential~~/**confident**) presenter 有自信的報告者

entirely
☐
☐ [ɪn'taɪrlɪ]

(副) 全部地，整個地

entire (形) 全部的，整個的
582
(近) completely
　 完全地，徹底地

Kin Shoes decided to discontinue the older products **entirely**.
金鞋廠決定**全面**停產舊鞋款。

- be entirely clear 完全清楚
- an entire day 一整天

■ **hire** 聘僱
The company will **hire** two more accountants next year.
該公司明年將再僱用兩名會計師。

■ **renew** 更新
I'm in charge of **renewing** the employee training program.
我負責更新員工培訓計劃。

■ **suggest** 建議
I **suggest** hiring her as a manager.
我建議聘請她擔任經理。

■ **additional** 額外的
We decided to hire **additional** staff.
我們決定僱用額外的員工。

■ **transfer** 轉調，調職
Mr. John **transferred** overseas last month.
約翰先生上個月轉調到海外。

■ **possible** 可能的
Please contact the HR department as soon as **possible**.
請盡快聯繫人力資源部門。

■ **manual** 使用手冊
We need a new training **manual** for the employees.
我們需要給員工新的培訓手冊。

■ **interest** 興趣
Mr. Jonas expressed his **interest** in the position.
喬納斯先生對這個職位表示了興趣。

■ **personal** 個人的，私人的
Do not include your **personal** information in the résumé.
請勿在簡歷中留下您的個人資訊。

■ **reward** 獎賞，酬謝
Management decided to **reward** the sales team.
管理層決定獎勵銷售團隊。

■ **obtain** 獲得，取得
You can **obtain** information about the hiring process on the Web site.
你可以在網站上取得招聘流程的相關訊息。

■ **fail** 失敗，未能做到
I **failed** to submit my application online.
我沒能在線上提交申請書。

Check Up!

A 請將下列英文單字連接正確的意思。

01 contact ●   ● ⓐ 機密的，祕密的

02 responsibility ●   ● ⓑ 聯繫

03 protect ●   ● ⓒ 保護，防護

04 equally ●   ● ⓓ 同等地，相等地

05 confidential ●   ● ⓔ 責任，職責

B 請將符合題意的單字填入空格當中。

> ⓐ overseen   ⓑ tasks   ⓒ legal   ⓓ emphasize   ⓔ difficulty

06 All _____ given to employees are their responsibility.

07 All work done by employees will be _____ by their managers.

08 The _____ with marketing is knowing how to communicate with consumers.

09 The product's _____ notice can be found in the instruction booklet.

C 請選出適合填入空格的單字。

10 Mr. Sanchez wrote a report to ------- the employees of the survey results.
   ⓐ notice   ⓑ inform

11 Employees must get ------- in advance to borrow the company car.
   ⓐ permission   ⓑ matter

12 Orders can be processed more ------- with the new software.
   ⓐ efficiently   ⓑ efficient

01 ⓑ 02 ⓔ 03 ⓒ 04 ⓓ 05 ⓐ 06 ⓑ 07 ⓐ 08 ⓔ 09 ⓒ 10 ⓑ 11 ⓐ 12 ⓐ

01 The sweater was the wrong size, so Mr. Carlson ------- it to the store.

(A) resolved
(B) returned
(C) reminded
(D) replaced

02 The west entrance of Tamayo Tower is closed until further -------.

(A) complaint
(B) notice
(C) shift
(D) solution

03 Starlight Communications customers can now enjoy its ------- service anywhere in the country.

(A) reliable
(B) reliably
(C) rely
(D) reliability

04 The air conditioner runs more ------- with a clean filter in it.

(A) efficiently
(B) finally
(C) increasingly
(D) entirely

05 Ms. Lin ------- a small consulting firm for start-up businesses in the technology field.

(A) operates
(B) releases
(C) inquires
(D) gains

06 This username and password will give you ------- to the company's client database.

(A) function
(B) renewal
(C) access
(D) absence

07 Mr. Park has ------- knowledge about the features of each piece of machinery.

(A) extensive
(B) complimentary
(C) temporary
(D) urgent

08 Mr. Wagner will take over the ------- of branch manager during Ms. Barrett's vacation.

(A) comments
(B) descriptions
(C) differences
(D) responsibilities

09 Faust Insurance's Web site was redesigned in order to ------- the user experience.

(A) identify
(B) allow
(C) improve
(D) assign

10 You do not have to wait long because our employees ------- respond to questions by e-mail.

(A) heavily
(B) equally
(C) promptly
(D) closely

11 Lemke Electronics develops ------- home appliances with a lot of features.

(A) innovation
(B) innovative
(C) innovator
(D) innovate

12 The building manager will submit ------- for the window repairs to the finance department.

(A) routines
(B) facilities
(C) approaches
(D) estimates

確認昨日單字

● 請確認一下昨天學過的單字還記得多少。

一般業務 2

- inform
- absence
- check
- entirely
- contribute
- legal
- efficiently
- notice
- equally
- oversee
- demonstrate
- direct
- draft
- duty
- accordingly

- permission
- task
- challenge
- confidential
- publish
- contact
- outline
- matter
- responsibility
- shift
- emphasize
- assist
- difficulty
- protect
- authority

背熟的單字數量 _____ / 30

DAY 16 公司政策・經營

● 一起看一下今天要學的單字和圖片吧！

policy
政策，方針

reduce
減少，降低

growth
成長，增長

budget
預算，經費

effort
努力，盡力

procedure
程序，手續

quarter
四分之一

double
（使……）加一倍

acquire
購得

revenue
收入，收益

reflect
反映，顯示

merge
（使……）合併

193

451 ★★★

☐
☐ **policy**
☐ [ˈpɑləsɪ]

(名) 政策，方針；保險單

休假……月薪……升遷

公司　規定

Craton Inc. changed its hiring **policy** to simplify the process.
克雷頓公司改變了招聘**政策**，以簡化流程。

- comply with a company's policy　遵守公司的政策
- a policy regarding refunds　退款政策
- an insurance policy　保險單

452 ★★★

☐
☐ **announce**
☐ [əˈnaʊns]

(動) 宣告，宣布

announcement
(名) 宣告，宣布

Hans Co. **announced** its expansion plan at the press conference.
漢斯公司在記者會上**宣布**了擴張版圖的計畫。

> **出題重點**
>
> **announce vs. inform**
>
> announce 和 inform（告知）的意思相近，題目考的是辨別兩者的差異，選出適當的單字。announce 連接的受詞為告知的內容；inform 連接的受詞則為告知的對象（人物）。
>
> - (**announce**/~~inform~~) a policy change
>   宣布政策異動
> - (~~announce~~/**inform**) customers of price changes
>   通知顧客價格異動

453 ★★★

☐
☐ **reduce**
☐ [rɪˈdjus]

(動) 減少，降低

reduction (名) 減少，降低

The new recycling program has **reduced** office supply expenses.
新的回收計畫已**減少**了辦公用品的開支。

- reduce operating costs　降低運營成本
- a slightly reduced rate/price　稍微降價
- reduction in cost　降低成本

454 ★★★

□
□ **record**
□ 名 [ˈrɛkəd]
動 [rɪˈkɔrd]

名 紀錄；唱片

動 記錄；錄（聲音或影像）

recording 名 錄製

The training sessions helped the company improve its sales **record**.

這個培訓課程幫公司提高了銷售**紀錄**。

- a sales record 銷售紀錄
- make/keep a record of 將……記錄下來
- record inventory 記錄庫存

455 ★★

□
□ **oppose**
□ [əˈpoz]

動 反對，反抗

opposition 名 反對，反抗

opposed
形 反對的，不贊成的

opposite
形 相反的，對立的
158
反 support 支持，支撐

Employees **oppose** the plan to reduce annual bonuses.

員工**反對**減少年終獎金的計畫。

- oppose a development project 反對一項開發案
- in opposition to 反對……，與……相反
- be opposed to a policy 反對一項政策
- the opposite side of ……的反面，……的對立面

456 ★★★

□
□ **share**
□ [ʃɛr]

動 分享，分擔

名 股份，股票；份額

shareholder 名 股東

All employees can **share** their ideas on the company's Web site.

所有的員工都可以在公司網站上**分享**他們的想法。

- share the result of 共享……的結果
- a market share 市場占有率

457 ★★★

□
□ **growth**
□ [groθ]

名 成長，增長

grow 動 成長，增長

The rapid **growth** of the business impressed investors.

業務的快速**增長**給投資人留下了深刻的印象。

- rapid/significant growth 快速／顯著成長
- a fast-growing industry 快速發展的產業

DAY 16 公司政策・經營

195

077

458 ★★
□
□ **budget**
□ [ˋbʌdʒɪt]

名 預算，經費
形 低廉的

budgetary 形 預算的

Management cut production costs to stay under **budget**.
為了不超出**預算**，管理層削減了生產成本。

- on a reduced budget 在預算減少的情況下
- a budget flight 廉價航班

459 ★★
□
□ **raise**
□ [rez]

近 lift 舉起，抬起
反 lower 降低，減少

動 提高；抬起；使……存在
名 加薪

The store usually **raises** its prices each year.
這家店通常每年都會**漲價**。

- raise funds 集資，募款
- offer a pay raise 給予加薪

460 ★★
□
□ **security**
□ [sɪˋkjʊrətɪ]

550
secure
形 安全的；有把握的
動 使……安全

名 安全；保全人員

For **security** reasons, visitors must present photo identification.
出於**安全**的理由，訪客必須出示附照片的身分證明文件。

> **出題重點**
> 題目會以複合名詞〈名詞＋名詞〉的形式出題，因此建議將下方複合名詞當成一組單字來背。
>
> - security guards/reasons
>   警衛，保全人員／安全理由
> - a security card/badge 安全識別證／徽章
> - job security 工作保障

461 ★★
□
□ **effort**
□ [ˋɛfət]

名 努力，盡力

Ms. Glenn made an **effort** to explain upcoming changes clearly.
格倫女士**努力**解釋清楚即將發生的變革。

- make an effort 努力
- in an effort to *do* 努力……

462 ★★
☐ **reach**
☐ [ritʃ]
☐

(動) 達到；伸手拿；與……取得聯繫
(名) 伸手可及的距離；(能力等的)所及範圍

reachable (形) 可以抵達的

Huber Publishing's latest book **reached** number one on the best-seller list.
胡博出版社的新書**登上**了暢銷書排行榜上的第一名。

- reach an agreement
  達成協議
- out of *one's* reach
  某人伸手不可及的距離；某人力所不能及之處
- be reachable by e-mail
  可通過電子郵件聯繫到

463 ★★
☐ **procedure**
☐ [prəˋsidʒɚ]
☐

(名) 程序，手續

272
(近) process 過程，步驟

The accountants must follow the payroll **procedure** exactly.
會計人員必須嚴格遵守發薪**程序**。

- follow safety procedures 遵循安全程序
- procedures for handling files 處理文件的程序

464 ★★
☐ **extend**
☐ [ɪkˋstɛnd]
☐

(動) 延長；擴展；給予

extension
(名) 延長；擴展；分機
347
extensive
(形) 廣闊的
097
(近) expand 展開，擴大

Ms. Ross **extended** the project deadline from March 30 to April 5.
羅斯女士將企畫案的截止日期從3月30日**延長**至4月5日。

- extend an offer 錄取
- request a lease extension 請求延長租約

465 ★
☐ **flexible**
☐ [ˋflɛksəbl]
☐

(形) 有彈性的，可變通的

flexibility (名) 靈活性，彈性

PIM Inc. introduced **flexible** working hours for its working parents.
PIM 公司為有子女的員工提供**彈性**工時。

- a flexible schedule 彈性的時間表

078

466 ★★★
□
□ **proposed**
□ [prə`pozd]

形 被提議的，所推薦的

propose
動 建議，提議；求婚
065
proposal
名 建議，提議；求婚

The CEO rejected the **proposed** wage increase.
執行長否絕了加薪的**提案**。

• a proposed plan/project 擬議的計畫／企畫案

467 ★★
□
□ **quarter**
□ [`kwɔrtɚ]

名 四分之一；季度

quarterly
形 季度的，按季度的
副 按季度，一季一次地

Sales increased significantly during the last **quarter**.
上**一季**業績大幅增長。

• during the last/previous quarter 在上一季期間
• change quarterly 每季改變

468 ★★
□
□ **initiative**
□ [ɪ`nɪʃətɪv]

名 倡議，新措施

593
initiate 動 開始，創始
381
initial 形 最初的，開始的
initially 副 起初，最初

Santrex Co. launched a health care **initiative** to improve workers' job satisfaction.
桑翠克思公司推出了一項醫療保健**措施**，旨在提高員工的工作滿意度。

> **出題重點**
> 請特別注意 initiative 和 representative（代表，代理人）、objective（目標）都是以 ive 結尾的名詞。
> • a quality improvement **initiative** 品質改善措施
> • a sales **representative** 業務代表
> • a short-term **objective** 短期目標

469 ★★
□
□ **profit**
□ [`prɑfɪt]

名 利潤；利益
動 有益於，獲益

115
profitable
形 有利潤的；有益的
474
近 revenue 收入，收益
反 loss 損失，虧損

RB Tech's **profits** grew after it expanded into Europe.
RB 科技公司在進軍歐洲後，**利潤**有所增長。

• make a profit 盈利，賺錢
• an increase / a decrease in profits 利潤增加／減少

470 ★

☐
☐ **double**
☐ [ˈdʌbl̩]

動（使……）加一倍
形 兩倍的

雙倍⇒

Proctor Inc. expects to **double** its profits within two years.
普羅克特公司期望在兩年內利潤**加倍**。

- double the size 尺寸加倍
- earn double points 賺取雙倍紅利

471 ★★

☐
☐ **establish**
☐ [əˈstæblɪʃ]

establishment 名 建立，創辦；場所

established
形 既定的；被認可的

近 found 建立，創辦

動 建立，創辦

Diaz Designs was **established** five years ago by Ms. Diaz.
迪亞茲設計公司由迪亞茲小姐於五年前**創立**。

- establish a relationship/partnership
  建立關係／夥伴關係
- a dining establishment 用餐場所
- be firmly established 根深柢固；站穩腳跟

472 ★

☐
☐ **acquire**
☐ [əˈkwaɪr]

acquisition
名 購得；獲得；學到

近 gain 得到，獲得 ⁴⁰⁶

動 購得；獲得；學到

Penson Apparel **acquired** PK Sportswear for $10 million.
彭森服飾以1000萬美元的價格**收購**了PK運動服飾。

- acquire a permit 獲得許可證
- acquire skills 學習技能
- acquisition of a competitor 收購競爭對手

473 ★★

☐
☐ **implement**
☐ [ˈɪmpləmənt]

implementation 名 履行，實施

近 carry out 實行，執行

動 履行，實施

We cannot **implement** a new policy without the board's approval.
未經董事會批准，我們無法**實施**新政策。

- implement a policy/system 實施政策／制度
- the implementation of a plan 計畫的施行

474 ★
□ **revenue**
□ [ˈrɛvəˌnju]

（名）收入，收益

469
近 profit 利潤

Lux Autos has an annual **revenue** of $50 million.
勒克斯汽車公司的年**收入**為5000萬美元。

• bring increased revenue to 為……增加收入

475 ★★
□ **regulation**
□ [ˌrɛgjəˈleʃən]

（名）規章，條例

regulate（動）規定，調節

近 rule 規則，規定

All payments must be reported because of tax **regulations**.
由於稅務**規定**，所有的付款都必須申報。

• safety/fire/building regulations
  安全／火災／建築法規
• follow / comply with regulations 遵守規定

476 ★
□ **receipt**
□ [rɪˈsit]

（名）收據；得到，接收

062
receive（動）得到，接收
200
recipient
（名）得到者，接受者

Please show your **receipts** to be reimbursed for supply purchases.
請出示您的**收據**，以便報銷購買的物品。

> 出題重點
> **receipt vs. receiving**
> **名詞**和**動名詞**皆能當作介系詞的受詞使用，題目考的是分辨兩者的差異，根據題意選出適當的形態。
> • upon (**receipt**/~~receiving~~) of your payment
>   （介系詞後的受詞為名詞）一收到您的付款後
> • upon (~~receipt~~/**receiving**) your payment
>   （介系詞後的受詞為動名詞）一收到您的付款後

477 ★
□ **reflect**
□ [rɪˈflɛkt]

（動）反映，顯示

Our business practices **reflect** the views of the company.
我們的經營方式**反映**了公司的觀點。

• reflect a company's values 反映出公司的價值觀

478 ★

☐☐☐ **generate**
[ˈdʒɛnə,ret]

(動) 產生，引起

generation (名) 產生；一代

The decision to build more plants has helped to **generate** greater revenue.
興建更多工廠的決定有助於**創造**更多的收入。

- generate profits　產生利潤
- generate enthusiasm　產生熱情
- for future generations　為後代子孫

479 ★

☐☐☐ **merge**
[mɝdʒ]

(動)（使……）合併

merger (名) 合併

Patterson Hardware plans to **merge** with its main competitor.
派德森硬體公司打算與其主要競爭對手**合併**。

- a newly merged company　新合併的公司
- mergers and acquisitions　併購

> **出題重點**
>
> **merge vs. acquire**
>
> 單字 merge 和 acquire（收購）的意思相近，題目考的是辨別兩者的文法差異，選出適當的單字。merge 為**不及物動詞**，會搭配介系詞 **with** 一起使用；acquire 則為**及物動詞**，後方可以直接連接**受詞**，不需要加上介系詞。
>
> - (~~merge~~/**acquire**) with another company
>   與別家公司合併
> - (~~merge~~/**acquire**) another company
>   收購別家公司

480 ★

☐☐☐ **reveal**
[rɪˈvil]

(動) 揭露，透露

(近) disclose 揭發，透露，公開
(反) hide 躲藏，隱藏

Southfield Accounting **revealed** the details of its corporate merger.
南菲爾德會計公司**揭露**了其企業合併的細節。

- reveal results of a study　披露研究結果

Part 3 & 4

訂貨・交易・配送 必考單字　　🎧080

請仔細聆聽下方單字，以及與**訂貨**、**交易**及**配送**有關的對話和獨白中常出現的句型範例。

■ **distribution** 分銷，經銷
Customers are satisfied with our **distribution** system.
客戶對我們的經銷體系感到滿意。

■ **estimate** 估價（單）
Can you send me an **estimate** as soon as possible?
你能盡快寄給我估價單嗎？

■ **track** 追蹤，監測
I'm having difficulty **tracking** my order through your Web site.
我無法通過您的網站追蹤我的訂單。

■ **exchange** 交換，互換
Please bring your receipt to **exchange** your item.
請帶上您的收據以便換貨。

■ **decrease** 減少，降低
Sales of our company's product have **decreased**.
我們公司產品的銷售量下滑。

■ **stationery** 文具用品
We need to call the **stationery** store to order some supplies.
我們需要打電話給文具店訂購一些用品。

■ **defective** 有瑕疵的，有缺陷的
I'd like to return this **defective** product.
我想退回這個有瑕疵的產品。

■ **affordable** 負擔得起的
The shipping cost for the goods was **affordable**.
這批貨物的運費是負擔得起的。

■ **spend** 花（錢或時間）
We don't want to **spend** too much money on a new car.
我們不想在新車上花太多錢。

■ **complain** 投訴；抱怨
I'm calling to **complain** about a delayed delivery.
我打電話來抱怨延誤交貨。

■ **voucher** 現金券，代金券，票券
You will receive a **voucher** for $100 off a future order.
您將收到一張下次訂貨可折價100美元的優惠券。

■ **warranty** 保固（書）
Our company offers extended **warranties** on the new products.
我們公司對新產品提供延長保固服務。

Check Up!

A 請將下列英文單字連接正確的意思。

01 oppose •　　　　　　　　• ⓐ 反對，反抗

02 growth •　　　　　　　　• ⓑ 提高；抬起；使……存在

03 raise •　　　　　　　　• ⓒ 倡議，新措施

04 proposed •　　　　　　　　• ⓓ 被提議的，所推薦的

05 initiative •　　　　　　　　• ⓔ 成長，增長

B 請將符合題意的單字填入空格當中。

ⓐ flexible　　ⓑ quarter　　ⓒ merge　　ⓓ security　　ⓔ reduce

06 In order to _____ waste, please recycle waste paper.

07 The _____ guards at the front desk will show you the way to the office.

08 One _____ of the annual sales are made to other businesses.

09 At the end of the year, our department will _____ with the marketing department.

C 請選出適合填入空格的單字。

10 The manager ------- an increase in vacation time for all employees.
　ⓐ announced　　　　　　　　ⓑ informed

11 Upon ------- of the e-mail, I immediately contacted my supervisor.
　ⓐ receiving　　　　　　　　ⓑ receipt

12 Mr. Kimble ------- a committee to review the budget of each department.
　ⓐ established　　　　　　　　ⓑ reflected

01 ⓐ 02 ⓔ 03 ⓑ 04 ⓓ 05 ⓒ 06 ⓔ 07 ⓓ 08 ⓑ 09 ⓒ 10 ⓐ 11 ⓑ 12 ⓐ

公司政策・經營

▦ record	▦ share
▦ reflect	▦ policy
▦ reveal	▦ merge
▦ revenue	▦ announce
▦ growth	▦ flexible
▦ acquire	▦ reduce
▦ profit	▦ extend
▦ receipt	▦ establish
▦ double	▦ budget
▦ quarter	▦ effort
▦ reach	▦ implement
▦ generate	▦ initiative
▦ procedure	▦ regulation
▦ security	▦ raise
▦ oppose	▦ proposed

背熟的單字數量 ＿＿＿＿＿ / 30

DAY 17　社區

● 一起看一下今天要學的單字和圖片吧！

area
地區

appreciate
感謝，感激

limit
限制，限定

promote
推廣

organization
組織，機構

vehicle
（陸上）交通工具，車輛

effect
效果，影響

vacant
空的，未被佔用的

generous
慷慨的，大方的

surrounding
周圍的，附近的

enthusiasm
熱情，熱忱

donate
捐款，捐贈

481 ★★★
□
□ **area**
□ [ˈɛrɪə]

(名) 地區；領域

近 district 區，區域
近 region 地區，區域

禁菸區域

There are many popular restaurants in the downtown **area**.
市區有許多受歡迎的餐廳。

- an urban / a rural area 都市／鄉村地區
- in a designated area 在指定區域
- expertise in a particular area
  特定領域的專業知識

482 ★★★
□
□ **local**
□ [ˈlokl]

(形) 當地的，本地的
(名) 當地居民，本地人

locally (副) 本土地

近 regional 地區的
反 nationwide 全國性的

Both **local** residents and visitors enjoy going to Kain Park.
當地居民和遊客都喜歡去凱恩公園。

- local residents 當地居民
- hire locals 僱用當地人
- locally grown vegetables 土生土長的蔬菜

483 ★★★
□
□ **appreciate**
□ [əˈpriʃɪˌet]

(動) 感謝，感激；欣賞，賞識

appreciation (名) 感謝
appreciative (形) 感謝的

近 thank 感謝

謝
謝

The public library **appreciated** the books from the local bookstore.
公共圖書館**感謝**本地書店捐贈的書籍。

- express/show (one's) appreciation
  表達（某人的）感謝之意
- as a token of appreciation for
  作為表示對……的感謝
- be appreciative of 對……很感激

484 ★★★
☐
☐ **community**
☐ [kəˈmjunətɪ]

(名) 社區；群體

The **community** center offers classes to its members.
社區活動中心為當地居民提供課程。

* local/international community 當地社群／國際社會

485 ★★★
☐
☐ **limit**
☐ [ˈlɪmɪt]

(動) 限制，限定
(名) 限制，限額

limitation (名) 限制，限度
limited (形) 有限的，不多的
510
[近] restrict 限制

Registration for the lecture is **limited** to residents of Portland.
本次講座僅限於波特蘭的居民報名。

* within limits 在範圍內，有限度地

出題重點
過去分詞 limited 會當作**形容詞**，用來修飾名詞。建議將它經常搭配使用的名詞一起背。   • a **limited** budget/option/number   預算／選擇／數量有限   • for a **limited** time 在有限的時間內

486 ★★★
☐
☐ **public**
☐ [ˈpʌblɪk]

(形) 大眾的，民眾的，公共的
(名) 民眾，公眾

publicize (動) 公佈，宣傳
publicity (名) 宣傳，推廣

Students can get a discount on **public** transportation.
學生搭乘**大眾**運輸可以享有折扣。

* public transportation 大眾運輸
* the public relations department 公關部
* be open to the public 向大眾開放

487 ★★★
☐
☐ **annual**
☐ [ˈænjʊəl]

(形) 每年的，一年一次的

annually (副) 每年地

[近] yearly
每年的，一年一次的

The **annual** music festival is held every summer.
一年一度的音樂節在**每年**夏季舉辦。

* an annual audit 年度審計
* renew an annual subscription 延續為期一年的訂閱
* take place annually 每年舉行一次

488 ★★★
□
□ **permit**
□ 動 [pɚˋmɪt]
名 [ˋpɝmɪt]

動 允許，准許
名 許可證

437
permission
名 允許，准許

364
近 allow 允許，准許

You are not **permitted** to smoke in the park.
公園裡不**允許**吸菸。

• be permitted to *do* 被允許……
• a parking permit 停車許可證

489 ★★
□
□ **otherwise**
□ [ˋʌðɚˌwaɪz]

副 別樣地，以另外的方式

Locals wanted more parking, but the city planner decided **otherwise**.
當地居民想要更多停車位，但城市規劃師卻做出了**不同的**決定。

出題重點
經常使用unless otherwise noted/mentioned/stated，它的意思為「**除非另有說明**」，建議記下此用法。

• Classes are free **unless otherwise noted mentioned/stated**.
除非另有說明，否則課程是免費的。

490 ★★
□
□ **significant**
□ [sɪgˋnɪfəkənt]

形 顯著的；重要的

significance 名 重要性
significantly 副 顯著地

反 insignificant
不重要的，無足輕重的

There has been **significant** growth in the town's tourism industry.
該鎮的旅遊業呈現**顯著**增長。

• a significant damage 重大損失
• historical significance 歷史重要性

491 ★★★
□
□ **promote**
□ [prəˋmot]

動 推廣；促銷；使……升遷

100
promotion
名 推廣；促銷；升遷

The city held a marathon to **promote** healthy habits.
為了**推廣**培養健康的習慣，城市舉行了馬拉松比賽。

• promote tourism 促進旅遊業
• be promoted to a manager 被升職為經理

492 ★★

□
□ **organization**
□ 美 [ˌɔrgənəˈzeʃən]
英 [ˌɔrgənaɪˈzeʃən]

197
organize (動) 組織，安排

organizational
(形) 組織（上）的

(名) 組織，機構；籌畫（活動等）

The mayor is seeking members for the town's educational **organizations**.
市長正在為該城的教育**機構**物色成員。

- a nonprofit/voluntary organization
  非營利性／自願組織
- organizational structure 組織結構

493 ★★

□
□ **various**
□ [ˈvɛrɪəs]

vary (動)（使……）不同
256
variety (名) 多樣化，變化

varied (形) 形形色色的
539
近 diverse 多樣的

(形) 各種各樣的

The public library has activities for people of **various** ages.
公共圖書館有適合**各種**年齡層的人的活動。

- in various locations 在各個地方
- vary from day to day 逐日改變

494 ★

□
□ **vehicle**
□ [ˈviɪk!]

(名)（陸上）交通工具，車輛

Vehicles cannot be parked on the road during snow removal.
在除雪期間，路邊不能停**車**。

- rent a vehicle 租一輛車

495 ★★

□
□ **volunteer**
□ [ˌvɑlənˈtɪr]

voluntary (形) 自願的，志願的
voluntarily (副) 自願地，志願地

(動) 自願做，作志願者
(名) 自願參加者，志工

Ms. Corona **volunteered** to clean up trash at Jackson Lake.
科羅娜女士**自願**清理傑克遜湖的垃圾。

- volunteer to *do* 自願……
- work as a volunteer 擔任志工
- strictly voluntary participation 完全自願參與

083

496 ★★
□
□ **effect**
□ [ɪˈfɛkt]

名 效果，影響
動 實現，完成

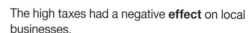

104
effective
形 有效的，生效的

The high taxes had a negative **effect** on local businesses.
重稅對當地企業產生了負面的**影響**。

- have an effect on 對……有影響，對……起作用
- go into effect (= take effect) 生效
- a side effect 副作用

497 ★★
□
□ **considerably**
□ [kənˈsɪdərəblɪ]

副 相當，非常

considerable
形 相當大的，相當多的

近 significantly 顯著地

The city has grown **considerably** since the opening of the factory.
自從這家工廠開業以來，城市**大幅**成長。

> **出題重點**
> considerably 為**強調程度變化**的副詞，經常搭配動詞的現在完成式（has/have p.p.）或形容詞比較級一起使用。
>
> - Profits have increased **considerably**.
>   利潤已大幅增加。
> - become **considerably** higher
>   變得相當高

498 ★★
□
□ **rely**
□ [rɪˈlaɪ]

動 依賴，依靠

324
reliable 形 可信賴的
020
近 depend 取決於；
依賴；信賴

The organization **relies** on volunteers to hold fundraising events.
該組織**仰賴**志工舉辦募款活動。

- rely on/upon 依靠……

499 ★★
□
□ **anticipate**
□ [ænˈtɪsəˌpet]

動 預期，期望

anticipation 名 預期，期望
273
近 expect 期待，預期

The highway repairs are **anticipated** to take three weeks.
公路維修工程**預計**要三個星期的時間。

- take longer than anticipated
  比預期的還要耗時
- in anticipation of 預計到……，預料到……

500 ★★

☐
☐ **vacant**
☐ [`vekənt]

(形) 空的，未被占用的；（工作職位）空缺的

vacate (動) 空出，騰出
vacancy (名) 空位；空職

The **vacant** building on Warden Street will be torn down.
沃登街那棟**閒置的**大樓將被拆除。

- be vacant for years 閒置多年
- a job vacancy 職缺

501 ★

☐
☐ **author**
☐ [`ɔθɚ]

(名) 作者，作家

近 writer 作者，作家
近 novelist 小說家

The **author**'s book signing will be held after his speech.
作者的簽書會將在他的演講後舉行。

502 ★

☐
☐ **environment**
☐ [ɪn`vaɪrənmənt]

(名) （自然）環境

environmental
(形) 自然環境的

environmentally
(副) 自然環境上地

City officials started a recycling program to protect the **environment**.
市府官員啟動了一項保護**環境**的回收計畫。

- a work environment 工作環境
- an environmental impact 對環境的影響
- an environmentally friendly product 環保產品

503 ★★

☐
☐ **generous**
☐ [`dʒɛnərəs]

(形) 慷慨的，大方的

generously
(副) 慷慨地，不吝嗇地
generosity (名) 慷慨大方

The project was a success because of the **generous** support from residents.
因居民的**大力**支持，這項計畫成功了。

- generous support/assistance 慷慨支持／援助
- reward generously 慷慨地獎勵
- thanks to the generosity of 由於……的慷慨解囊

084

504 ★

□ **surrounding** 形 周圍的，附近的
□
□ [sə`raʊndɪŋ]

surround 動 環繞，包圍
surroundings 名 周圍環境

近 neighboring 鄰近的

The new hospital benefits the town and the **surrounding** areas.
這家新醫院裨益該鎮及**鄰近**地區。

> **出題重點**
>
> **surrounding vs. surrounded**
>
> 現在分詞 surrounding 和過去分詞 surrounded（被包圍的）皆能當作形容詞使用。因此題目考的是分辨兩者的差異，根據題意選出適當的單字。
>
> • the (**surrounding**/~~surrounded~~) area/property
>   周邊地區／物業
> • be (~~surrounding~~/**surrounded**) by fences
>   被籬笆環繞著

505 ★★

□ **individual** 形 個人的，單獨的
□
□ [ˌɪndə`vɪdʒʊl] 名 個人

individually
副 單獨地，逐個地
296
近 separate
分開的，分隔的

近 person 個人

Individual citizens worked together to raise money for charity.
個別市民協力為慈善募款。

• responses to individuals 對個人的回應
• wrap each product individually 每個產品都單獨包裝

506 ★

□ **preserve** 動 保存，維護
□
□ [prɪ`zɝv]

preservation
名 保存，維護

近 conserve 保存，保護

The old Adams Theater was **preserved** because of the residents' campaign.
舊亞當斯劇院因居民發起的活動而得以**保存**下來。

• preserve a historic building 保存一座歷史建築
• the preservation of documents 保存文件

507 ★★

□ **enthusiasm** 名 熱情，熱忱
□
□ [ɪn`θjuzɪˌæzəm]

enthusiastic
名 熱情的，有熱忱的

enthusiastically
副 熱心地，狂熱地

Ms. Choi showed her **enthusiasm** for building a public park.
崔女士對興建一座公園表現出了極大的**熱情**。

• be enthusiastic about 熱衷於……，對……充滿熱情

508 ★

□
□ **donate**
□ [`donet]

（動）捐款，捐贈

donation（名）捐款，捐贈物
donor（名）捐贈者

Many business owners **donated** to the museum fundraiser.

許多企業老闆**捐錢**響應博物館籌款活動。

* donate money to 捐錢給……
* be donated anonymously 匿名捐贈
* make a donation to a charity 向慈善機構捐款

509 ★

□
□ **comply**
□ [kəm`plaɪ]

（動）遵守，依從

compliance（名）遵守，依從
376
近 follow 遵循；跟隨

近 observe 遵守，奉行

Booths at the food festival must **comply** with health regulations.

美食節的攤位必須**符合**衛生規定。

> **出題重點**
>
> **comply vs. follow**
>
> 單字 comply 和 follow（跟隨）的意思相近，題目考的是辨別兩者的文法差異，選出適當的單字。comply 為**不及物動詞**，會搭配介系詞**with**一起使用；follow 則為**及物動詞**，後方可以直接連接**受詞**，不需要加上介系詞。
>
> * (**comply**/~~follow~~) with the policy 遵守政策
> * (~~comply~~/**follow**) regulations 遵守規定

510 ★

□
□ **restrict**
□ [rɪ`strɪkt]

（動）限制，限定

restriction（名）限制，限定

restricted
（形）限制的，限定的

485
近 limit 限制，限定

The city tour is **restricted** to twenty people a day.

市區觀光每天**僅限**二十人參加。

* be restricted to 僅限於……，局限於……
* restriction on 對……的限制
* a restricted area 禁區

瞄準聽力測驗重點！

Part 3 & 4	旅遊・出差・住宿 必考單字 085
	請仔細聆聽下方單字，以及與**旅遊**、**出差**及**住宿**有關的對話和獨白中常出現的句型範例。

■ **change** 變化，變更
There's a **change** in our tour schedule.
我們的旅行行程有異動。

■ **account** 帳戶
Please charge the extra fees to the corporate **account**.
請把額外的費用記在公司帳戶上。

■ **check out** 辦理退房手續
The hotel requires visitors to **check out** by noon.
飯店要求住客在中午前辦理退房手續。

■ **agency** 代理機構，仲介
I called the travel **agency** to make a flight reservation.
我打電話請旅行社代訂機票。

■ **unfortunately** 遺憾地，不幸地
Unfortunately, we don't have any rooms available.
很遺憾，我們沒有任何空房。

■ **monthly** 每月地
Your travel expenses will be reimbursed **monthly**.
您的差旅費將每月予以核銷。

■ **handle** 處理
Mr. Williams will **handle** the travel arrangements.
威廉姆斯先生將處理旅行行程的事宜。

■ **complimentary** 贈送的，免費的
The hotel provides **complimentary** breakfast.
飯店提供免費的早餐。

■ **revise** 修訂，校訂
Is it possible to **revise** the itinerary now?
現在有可能修改旅遊行程嗎？

■ **incorrect** 不正確的，錯誤的
The agency has given **incorrect** contact information.
該機構提供了錯誤的聯絡方式。

■ **frequent** 時常發生的，頻繁的
It's the best choice for **frequent** travelers.
這是經常旅遊的人的最佳選擇。

■ **immediately** 立刻，馬上
I recommend that you book a train ticket **immediately**.
我建議你立刻訂火車票。

214

Check Up!

A 請將下列英文單字連接正確的意思。

01 public •   • ⓐ 組織,機構;籌畫(活動等)

02 organization •   • ⓑ 個人的,單獨的

03 effect •   • ⓒ 保存,維護

04 individual •   • ⓓ 大眾的,民眾的,公共的

05 preserve •   • ⓔ 效果,影響

B 請將符合題意的單字填入空格當中。

ⓐ environment	ⓑ vacant	ⓒ volunteer	ⓓ permitted	ⓔ various

06 Employees are not _____ to park in front of the office.

07 The factory makes _____ products for many different companies.

08 A positive working _____ is important for a productive company.

09 This office has been _____ for years, but someone will move in soon.

C 請選出適合填入空格的單字。

10 The Art Festival is held every year to ------- an appreciation of art.
ⓐ limit   ⓑ promote

11 The number of parade participants is ------- higher this year.
ⓐ considerably   ⓑ otherwise

12 Residents of Burbank and those of the ------- communities visit the theater.
ⓐ surrounding   ⓑ surrounded

01ⓓ 02ⓐ 03ⓔ 04ⓑ 05ⓒ 06ⓓ 07ⓔ 08ⓐ 09ⓑ 10ⓑ 11ⓐ 12ⓐ

215

確認昨日單字 ●請確認一下昨天學過的單字還記得多少。

社區

- surrounding
- restrict
- otherwise
- comply
- area
- promote
- donate
- rely
- local
- author
- enthusiasm
- volunteer
- generous
- preserve
- significant

- vehicle
- annual
- various
- public
- effect
- community
- considerably
- appreciate
- vacant
- anticipate
- environment
- individual
- permit
- limit
- organization

背熟的單字數量 _____ / 30

DAY 18 建物・住宅

● 一起看一下今天要學的單字和圖片吧！

construction
建造

property
財產，資產，房地產

obtain
得到，獲得

install
安裝

architect
建築師

storage
儲存

occupy
占用，占據

compact
密實的，小巧的

relocate
搬遷，重新安置

conveniently
方便地，便利地

utility
（電、煤氣、鐵路等）
公共設施

commute
通勤，上下班往返

511 ★★★
□ **construction**
□
□ [kənˈstrʌkʃən]

construct 動 建造；構成
constructive 形 建設性的

名 建造；構造

The city approved the **construction** of the parking garage.
該市批准了停車場的**興建**案。

- the construction site/industry 建築工地／行業
- be under construction 在興建中，正在施工中
- be constructed in 建於……
- constructive feedback 具建設性的回饋

512 ★★
□ **lease**
□
□ [lis]

近 rent 租金

名 租約
動 出租，租用

Ms. Roberts signed a **lease** for a two-bedroom house.
羅伯茨小姐簽約**租下**了一間有兩間臥室的屋子。

- sign a lease contract 簽訂租賃契約
- lease restaurant space 出租／租用餐廳空間

513 ★★★
□ **property**
□
□ [ˈprɑpətɪ]

名 財產，資產，房地產

The Samson Building's owner wants to sell the **property**.
薩姆森大廈的業主想把**房產**賣了。

- a property management office 物業管理處
- a historic property 歷史遺產
- lost property 遺失物品

514 ★★★
□ **resident**
□
□ [ˈrɛzədənt]

reside 動 居住
residence 名 居住，住所

residential
形 居住的，住宅的

名 居民，住戶

Only local **residents** are allowed to use the swimming pool.
只有當地**居民**才能使用游泳池。

- neighborhood residents 鄰里居民
- a residential area/property 住宅區／物業

□
□ **accessible**
□ [æk`sɛsəb!]

形 可接近的；可使用的

395
access (名) 接近，進入；
　　　（使用某物或
　　　見某人的）權利
　　(動) 接近，進入；使用

accessibility
　(形) 可接近性；可使用性

Newport Tower is **accessible** by bus and by subway.
搭乘公車和地鐵即可**到得了**新港大廈。

> **出題重點**
>
> accessible 經常放在補語的位置，意思為「可接近的（地點、物品）」和「可得到、使用的（東西）」。這兩種意思皆常出現在題目中。
>
> • be **accessible** from Elm Street
> 　可由榆樹街前往／進入
> • be readily **accessible** to customers
> 　讓顧客輕鬆取用

DAY 18　建物・住宅

□
□ **obtain**
□ [əb`ten]

動 得到，獲得

406
近 gain 得到，獲得

Owners of historic buildings must **obtain** permission for any changes.
歷史建築在進行任何改變前，其所有人必須**取得**許可。

• obtain permission / a permit　獲得許可／許可證
• obtain A from B　從 B 獲得 A

□
□ **view**
□ [vju]

名 景象，視野
動 觀看，看待

viewing (名) 參觀，觀看

近 landscape 風景，景色

Parkway Residences has an excellent **view** of Lake Harmony.
帕克威住宅大廈能將和諧湖的美**景**盡收眼底。

• with a view of　能看到……的景色
• a view about/on　對……的看法
• view A as B　認為 A 是 B，把 A 看作是 B

087

518 ★★
□
□ **improvement**
□ [ɪmˋpruvmənt]

㊝ 改進，改善

368
improve ㊚ 改進，改善

㊒ enhancement 提高，增加

The landlord plans to make **improvements** to the apartment.
房東計劃**修繕**公寓。

- home improvement 家居修繕
- room for improvement 改進的空間

519 ★★
□
□ **install**
□ [ɪnˋstɔl]

㊚ 安裝

installation ㊝ 安裝
installment ㊝ 分期付款

㊒ set up 搭起，建起

New windows should be **installed** before the end of October.
新的窗戶應該在十月底之前**安裝**好。

- install a carpet 鋪設地毯
- the installation of a fan 安裝風扇
- pay in installments 分期付款

520 ★★
□
□ **commercial**
□ [kəˋmɝʃəl]

㊕ 商業的
㊝ (電視或廣播裡的)廣告

commerce ㊝ 商業，貿易

Many businesses cannot afford the rent in **commercial** buildings.
許多企業負擔不起**商業**大樓的租金。

- a commercial building/construction
  商業大樓／建築
- a television commercial 電視廣告

521 ★★
□
□ **deposit**
□ [dɪˋpɑzɪt]

㊝ 存款；押金
㊚ (尤指金錢)存；支付(押金)

You must pay a **deposit** of $1,000 before moving in.
入住前，你必須支付1,000美元的**押金**。

- a security deposit 押金
- a refundable deposit 可退還的押金

522 ★

□
□ **architect** 　　名 建築師
□ [ˈɑrkəˌtɛkt]

architecture
名 建築學（風格）

architectural
形 有關建築的

Mr. Patel hired an **architect** to design the new office.
帕托先生聘請了一位**建築師**來設計新辦公室。

出題重點

architect vs. architecture

architect 為**人物名詞**；architecture（建築學）則為**抽象名詞**。題目考的是分辨兩者的差異，根據題意選出適當的名詞。

• be designed by a famous (**architect**/~~architecture~~)
  由著名建築師設計
• study (~~architect~~/**architecture**) 研讀建築學

523 ★

□
□ **district** 　　名 區，區域
□ [ˈdɪstrɪkt]

近 area 地區；領域
  481

Offices in the business **district** are clean and spacious.
商業**區**的辦公室既乾淨又寬敞。

• a business/financial/historic district
  商業／金融／史蹟區

524 ★

□
□ **storage** 　　名 儲存
□ [ˈstorɪdʒ]

store 動 儲存
  名 倉庫

Each floor has **storage** space to keep office supplies.
每層樓都有空間**存放**辦公用品。

• storage capacity 存儲量
• safe storage of ……的安全庫存

525 ★★

□
□ **tenant** 　　名 租戶，房客
□ [ˈtɛnənt]

反 landlord
  房東，地主

Tenants should tell their landlords in advance about moving out.
房客應該提前告訴房東要搬出去的事。

• a prospective tenant 未來的租戶，准租戶

526 ★★★
occupy
[ˈɑkjəˌpaɪ]

（動）占用，占據

occupancy（名）占用，占據
occupied
（形）已占用的，使用中的
unoccupied（形）沒人占用的，空著的

Botley Inc. **occupies** the third floor of Middleton Tower.
博特利公司**位於**米德爾頓大廈的三樓。

- be occupied by 被……占用
- occupy a position 占據一席之地
- a hotel's weekend occupancy 飯店週末的住房率

527 ★★
equip
[ɪˈkwɪp]

（動）裝備，配備

367
equipment
（名）設備，配備

Each unit is **equipped** with a security alarm.
每戶都**配有**安全警報器。

- be equipped with 配備有……，裝有……
- a well-equipped kitchen 設備齊全的廚房

528 ★★
compact
[kəmˈpækt]

（形）密實的，小巧的

The chair's **compact** design is perfect for small spaces.
這把椅子**小巧的**設計非常適合狹小的空間。

- a light and compact radio 輕便小巧的收音機

529 ★★
proximity
[prɑkˈsɪmətɪ]

（名）接近，鄰近

The Raynor Building is popular because of its **proximity** to the subway station.
雷諾大廈因**鄰近**地鐵站而廣受歡迎。

出題重點

題目中經常會使用〈**proximity to**＋地點〉（鄰近……）表達接近特定的地點，建議當成一組單字來背。

- its **proximity** to the park 鄰近公園

---

530 ★★

□ **relocate**
□ [rɪˈloket]

　　　　　　　　　　　　動 搬遷，重新安置

relocation 名 搬遷，重新安置

近 move 移動，搬動

Ms. Maria **relocated** to Manhattan to be near her office.
瑪麗亞小姐為了離公司更近而**搬**到曼哈頓。

- relocate the headquarters　搬遷總部
- the relocation of a restaurant　餐館的遷移

---

531 ★★

□
□ **probably**
□ [ˈprɑbəblɪ]

　　　　　　　　　　　　副 很可能，大概

近 perhaps 大概，或許，可能
近 possibly 也許，可能

The landlord will **probably** replace the carpet in the bedroom.
房東**可能**會更換臥室的地毯。

---

532 ★★

□
□ **circumstance**
□ [ˈsɝkəmˌstæns]

　　　　　　　　　　　　名 情況，形勢

近 situation 情形，情況

Under certain **circumstances**, the deposit will not be returned.
在特定**情況**下，押金將不予退還。

- under any circumstances　無論在什麼情況下
- unforeseen/unavoidable circumstances
  不可預見的／不可避免的情況

---

533 ★

□ **amenity**
□ 美 [əˈmɛnətɪ]
□ 英 [əˈminətɪ]

　　　　　　　　　　　　名 便利生活設施，娛樂消遣設施

363
近 facility 設備，設施；場所

The building's **amenities** include a gym and meeting rooms.
這棟大樓的**便利生活設施**包括健身房和會議室。

- modern amenities　現代化的設施

534 ★★
☐
☐ **conveniently** 副 方便地，便利地
☐ [kən'vinjəntlɪ]

convenience
名 方便；便利設施

convenient
形 方便的，便利的

Osborne Tower is **conveniently** located near a major highway.
奧斯本大廈位於一條主要公路附近，交通相當**便利**。

• at *one's* earliest convenience 某人盡早

> **出題重點**
> **conveniently vs. convenient**
> 題目考的是根據其修飾對象的不同，選出適當的詞性。
> • be (**conveniently**/~~convenient~~) positioned
>   （副詞：修飾動詞）位置便利
> • (~~conveniently~~/**convenient**) services
>   （形容詞：修飾名詞）方便的服務

535 ★
☐
☐ **portable**
☐ ['portəbl]

形 便於攜帶的，手提式的

近 light（重量）輕的

This **portable** air conditioner is small and quiet.
這款**可攜式**冷氣機體積小又安靜。

• a portable electronic device 可攜式電子設備

536 ★
☐
☐ **utility**
☐ [ju'tɪlətɪ]

名（電、煤氣、鐵路等）公共設施
形 有多種用途的

utilize 動 利用

The **utility** bills are higher for a large apartment.
大間公寓的**水電**費較高。

• utilize alternative energy source 利用替代能源

537 ★
☐
☐ **costly**
☐ ['kɔstlɪ]

形 貴重的；代價高的

068
cost 名 費用
　　動 花……元
260
近 expensive 昂貴的

Renting an apartment downtown is becoming more **costly**.
在市區租一間公寓變得越來越**昂貴**了。

• be more costly than A　A 花費更多

538 ★
☐ **commute**
☐ [kə`mjut]

動 通勤，上下班往返
名 通勤，上下班往返

commuter 名 通勤者

Ms. Miller **commutes** between home and work by subway.
米勒小姐搭地鐵**上下班**。

- a daily commute　每日通勤
- a two-hour commute　兩個小時的通勤時間
- a shuttle for commuters　通勤巴士

DAY 18 建物‧住宅

539 ★
☐ **diverse**
☐ [daɪ`vɝs]

形 多樣的，形形色色的

diversity 名 差異，多樣性
diversely 副 不同地
近 various 各種各樣的　⁴⁹³

Edwards Realty has a **diverse** range of housing options.
愛德華茲房地產公司擁有**多元化的**住房選擇。

- a diverse range of　各種各樣的……
- a diversity of　……的多樣性

540 ★
☐ **capable**
☐ [`kepəbl]

形 有能力的，熟練的，能幹的

capability 名 能力，才能
近 able 能夠的，可以的

The developer is **capable** of finishing the building project within one month.
開發商**有能力**在一個月內完成建案。

出題重點

capable vs. able

單字 capable 和 able（能夠）的意思相近，題目考的是辨別兩者的文法差異，選出適當的單字。capable 會搭配介系詞 **of** 一起使用；able 則會搭配 **to** 不定詞一起使用。

- be (**capable**/~~able~~) of providing services
  有能力提供服務
- be (~~capable~~/**able**) to speak three languages
  能說三種語言

Part 3 & 4

生產・維護・整修 **必考單字**

請仔細聆聽下方單字，以及與**生產**、**維護**及**整修**有關的對話和獨白中常出現的句型範例。

■ **facility** 場所
An inspector will visit our new **facility** to inspect it.
有個檢查員會到我們的新廠視察。

■ **electronic** 電子的
Fortunately, all of our **electronic** devices have passed the quality test.
幸好，我們所有的電子器材都通過了品質測試。

■ **quality** 品質
We put a lot of effort into maintaining the **quality** of our products.
我們為保持產品的品質付出了很大的努力。

■ **notice** 事先通知
We need to give customers sufficient **notice** about the recall.
我們需要將召回的資訊充分通知顧客。

■ **process** 處理，加工
The used parts are **processed** at the recycling facility.
用過的零件在回收廠進行處理。

■ **damaged** 損壞，毀壞
It seems that one of the devices was **damaged** during assembly.
其中一個器材似乎在組裝的過程中損壞了。

■ **procedure** 程序，步驟
We will introduce a new safety **procedure** at the factory.
我們將在工廠引進新的安全程序。

■ **original** 本來的，原始的
Please keep products in the **original** package for storage.
請將產品置於原包裝中，以便存放。

■ **worth** 值得
The new system is **worth** the investment.
新系統值得投資。

■ **reduce** 降低，減少
This year's goal is to **reduce** defect rate.
今年的目標是降低不良率。

■ **regulation** 規定，條例
Please follow safety **regulations** while you're operating equipment.
在操作設備時，請遵守安全規定。

■ **productive** 多產的
The new machine will help us become more **productive**.
新機器將有助於提高我們的產量。

Check Up!

A 請將下列英文單字連接正確的意思。

01 lease •　　　　　　　　　• ⓐ 裝備，配備

02 equip •　　　　　　　　　• ⓑ 改進，改善

03 tenant •　　　　　　　　　• ⓒ 租約

04 probably •　　　　　　　　　• ⓓ 很可能，大概

05 improvement •　　　　　　　　　• ⓔ 租戶，房客

B 請將符合題意的單字填入空格當中。

> ⓐ compact　ⓑ deposit　ⓒ property　ⓓ costly　ⓔ architect

06 Employees are not allowed to remove company _____.

07 The _____ who designed this building has won many awards.

08 In recent years, _____ cars have become more popular.

09 Lack of attention can result in _____ mistakes for the company.

C 請選出適合填入空格的單字。

10 Ms. Zhang's office is ------- by both an elevator and a stairway.
　ⓐ accessible　　　　　　　ⓑ diverse

11 Wilmont Department Store ------- the largest area in that shopping mall.
　ⓐ commutes　　　　　　　ⓑ occupies

12 The newest subway station is ------- positioned near the main street.
　ⓐ conveniently　　　　　　ⓑ convenient

ⓒ 01　ⓐ 02　ⓔ 03　ⓓ 04　ⓑ 05　ⓒ 06　ⓔ 07　ⓐ 08　ⓓ 09　ⓐ 10　ⓑ 11　ⓐ 12

建物・住宅

- probably
- diverse
- resident
- relocate
- commute
- install
- utility
- accessible
- construction
- architect
- improvement
- proximity
- lease
- occupy
- commercial

- costly
- equip
- circumstance
- conveniently
- deposit
- property
- portable
- tenant
- district
- view
- amenity
- capable
- storage
- obtain
- compact

背熟的單字數量 _____ / 30

DAY 19 經濟・競賽

● 一起看一下今天要學的單字和圖片吧！

current
目前的，現行的

concern
憂慮

predict
預料，預測

consult
諮詢，向……徵求意見

impact
衝擊，巨大影響

figure
數字

attribute
把……歸因於

rapid
迅速的，急遽的

steady
穩步的，持續的

face
面對，必須對付（難題）

substitute
替代品，代替物

stable
穩定的，穩固的

541 ★★★

□
□ **industry**
□ [ˈɪndəstrɪ]

④ 產業，工業

industrial
⑱ 產業的，工業的

Social media is a fast-growing **industry** around the world.
社交媒體在世界各地都是一個快速發展的**產業**。

- an industry leader　業界領導者，產業領袖
- the fashion industry　時尚業
- industrial machinery　工業用機械

542 ★★★

□
□ **remain**
□ [rɪˈmen]

⑩ 維持；剩餘

remainder ⑧ 剩餘物
remaining
⑱ 剩餘的，剩下的

Import fees will **remain** the same under the new agreement.
根據新合約，進口費用將**保持**不變。

- remain constant　保持不變
- for the remainder of the year　本年度剩餘時間
- a remaining inventory/stock　剩餘的庫存

543 ★★★

□
□ **current**
□ [ˈkɜ·ənt]

⑱ 目前的，現行的
⑧ 思潮；(水、氣、電) 流

現在時間
12:00

currency ⑧ 貨幣；流通
284
currently ⑩ 目前
185
近 present 當前的

The **current** trend is to buy stocks in small companies.
目前的趨勢是購買小公司的股票。

- retain current customers　留住現有客戶
- local/foreign currency　本地／外國貨幣

544 ★★★

□
□ **nearly**
□ [ˈnɪrlɪ]

⑩ 幾乎，將近

near ⑱ 接近的
　　⑩ 接近地

近 almost 幾乎

Nearly seventeen percent of local residents are unemployed.
近17%的當地居民失業。

- for nearly two decades　近二十年來
- be nearly complete　幾乎完成

545 ★★★
□
□ **concern**
□ [kən`sɝn]

名 憂慮；關切
動 使⋯⋯擔憂；涉及

concerning 介 關於

Clients expressed their **concerns** about the falling stock prices.
客戶對股價下跌表示**擔憂**。

- concerns regarding the efficiency 對效率的擔憂
- be concerned with 涉及⋯⋯，關於⋯⋯
- policies concerning energy 關於能源的政策

546 ★★★
□
□ **likely**
□ [`laɪklɪ]

形 很可能的，可能要發生的
副 有可能地

like 介 像⋯⋯，和⋯⋯一樣
531
近 probably 很可能

Tourism is **likely** to improve during the holidays.
在放假期間，旅遊業**可能**會改善。

- the most likely candidate 最可能的人選

> **出題重點**
> 建議記住〈**be動詞＋形容詞＋to do**〉的用法。
> - be **likely** to *do* 很可能會⋯⋯
> - be **able** to *do* 能夠⋯⋯
> - be **willing** to *do* 願意⋯⋯

547 ★★
□
□ **predict**
□ [prɪ`dɪkt]

動 預料，預測

讓我來看看 你的未來

prediction 名 預料，預測
近 forecast 預測，預報

Experts **predicted** a drop in the exchange rate.
專家**預測**匯率會下降。

- predict a trend 預測趨勢

548 ★★
□
□ **period**
□ [`pɪrɪəd]

名 一段時間，時期

periodical 名 期刊
periodic 形 週期的，定期的

periodically
副 週期地，定期地

Energy markets changed significantly in a short **period** of time.
能源市場在短**時間**內發生了顯著的變化。

- a long/short period of time 長／短期
- publish periodicals 出版期刊
- periodic notifications 定期通知

092

549 ★★
□
□ **retail**
□ [ˋritel]

名 零售

retailer 名 零售商，零售店

反 wholesale 批發

Lower taxes have increased the profits of **retail** stores.
減稅增加了**零售**店的利潤。

- a retail space　零售場所
- an emerging retailer　新興的零售商

550 ★★★
□
□ **secure**
□ [sɪˋkjur]

動 設法得到；使……安全
形 安全的；有把握的

460
security 名 安全；保全人員

securely 副 安全地；牢固地

Companies can **secure** funding from banks.
公司可以從銀行**設法獲得**資金。

- be kept secure　確保安全
- be securely attached　牢固地連接

出題重點

出現在多益測驗 PART 7 的同義詞題目中。表達「獲得」時，能與 **obtain** 替換使用。

- **secure/obtain** permission　獲得許可

---

551 ★★
□
□ **consult**
□ [kənˋsʌlt]

動 諮詢，向……徵求意見

consultant 名 顧問
consultation 名 諮詢

For information on stock prices, please **consult** the company's Web site.
欲知股票價格的資訊，請**查閱**本公司官網。

- consult with　向……徵求意見
- a brief consultation　簡短的諮詢

552 ★★
□
□ **investment**
□ [ɪnˋvɛstmənt]

名 投資

402
invest 動 投資

investor 名 投資人

KP Autos made a $10 million **investment** in equipment.
KP汽車公司在設備上**投資**了1,000 萬美元。

- make an investment in　投資於……

553 ★★
□
□ **impact**
□ [`ɪmpækt]

(名) 衝擊，巨大影響

近 influence 影響
175

The change in government policies had an **impact** on interest rates.
政府的政策改變對利率產生了**衝擊**。

- have an impact on 對……產生衝擊
- a significant/substantial impact 重大影響

554 ★★
□
□ **occur**
□ [ə`kɝ]

(動) 發生，出現

occurrence (名) 發生，出現

近 happen 發生

The business failure **occurred** as a result of the unprofitable investments.
這項生意的失敗是因為無利可圖的投資而**產生**。

- delays occur 發生延誤

555 ★★
□
□ **approximately**
□ [ə`prɑksəmɪtlɪ]

(副) 大約，大概

approximate
(形) 大約的，大概的

近 about 大約，幾乎

Emery Stone made **approximately** $300 million in exports last year.
埃默里斯通公司去年的出口收入**約為**三億美元。

> **出題重點**
> 副詞詞彙題中，通常會用 **approximately** 來修飾
> **金額、時間、距離**等表示數量的用詞
>
> - take **approximately** two hours
>   大約要兩個小時

556 ★★
□ **figure**
□ 美 [`fɪgjə]
□ 英 [`fɪgə]

(名) 數字；圖表；人物
(動) 計算；認為

The automotive industry reported impressive sales **figures** last month.
上個月汽車業發布了令人印象深刻的銷售**數字**。

- a leading figure 領導人物
- figure out 弄懂

093

557 ★★
□
□ **generally**
□ [ˈdʒɛnərəlɪ]

副 通常，一般地

general 形 通常的，一般的
近 usually 通常 342

Businesses **generally** file a tax report every quarter.
企業**通常**每季度提交稅務報表。

- be generally accurate 大體上是正確的
- the general manager 總經理

558 ★★
□
□ **economic**
□ [ˌikəˈnɑmɪk]

形 經濟的；有利可圖的

economy 名 經濟；節約
economics 名 經濟學
economical 形 節約的

The new factory will contribute to the town's **economic** growth.
新工廠將有助於該鎮的**經濟**成長。

> 出題重點
>
> 單字 economic 和 economical（節約的）很容易搞混，因此題目會針對兩者意思的差別出題，要求選出符合題意的單字。
>
> - (**economic**/economical) growth 經濟成長
> - Taking the bus is more (economic/**economical**).
>   搭公車更省錢。

559 ★
□
□ **attribute**
□ 動 [əˈtrɪbjut]
　名 [ˈætrəˌbjut]

動 把……歸因於
名 特性，特質

They **attributed** the industry's success to high consumer demand.
他們將該行業的成功**歸功於**高消費需求。

- attribute A to B 把 A 歸因於 B

560 ★★
□
□ **largely**
□ [ˈlɑrdʒlɪ]

副 主要地，在很大程度上

large 形 大的，多的
近 mainly 主要地，大部分地
近 mostly 主要地，大部分地

Local governments rely **largely** on taxes to provide public services.
地方政府**主要**依靠稅收來提供公共服務。

- consist largely of 主要由……所構成

234

561 ★★
□ **rapid**
□
□ [ˋræpɪd]

形 迅速的，急遽的

rapidly 副 迅速地，急遽地

近 quick 快的，迅速的

The **rapid** changes in the loan terms can be a problem.
借貸條款的**急遽**變更可能會是個問題。

出題重點
以〈形容詞＋名詞〉的組合出現在題目中，要求選出形容詞詞彙。經常搭配名詞 pace（速度）、growth（成長）、change（變化）一起使用，建議當成一組單字來背。

- at a **rapid** pace 迅速地，快節奏地
- show **rapid** growth 顯示快速增長

---

562 ★★
□ **substantial**
□
□ [səbˋstænʃəl]

形 大的，可觀的

substantially
副 在很大程度上

近 considerable
相當大（多）的

Government spending had a **substantial** effect on the business.
政府支出對這項事業產生了**重大的**影響。

- substantial interest in 對……有濃厚的興趣
- rise/grow substantially 大幅上升

---

563 ★★
□ **steady**
□
□ [ˋstɛdɪ]

形 穩步的，持續的

steadily 副 穩步地，持續地
569
近 stable 穩定的，穩固的

The amount of exports has seen a **steady** increase over the years.
這些年來，出口量一直**穩步**增長。

- maintain steady sales 保持穩定的銷售額
- increase/decrease steadily 穩步增加／減少

DAY 19 經濟・競賽

094

564 ★
- **face**
- [fes]

動 面對，必須對付（難題）
名 臉，面孔

This region is **facing** major economic issues.
該地區正**面臨**重大的經濟問題。

- face a challenge　面對挑戰
- face a fine　被罰款
- face off against　和……對抗

565 ★
- **widely**
- [ˈwaɪdlɪ]

副 廣闊地，廣泛地

wide 形 廣闊的，廣泛的
widen 動 加寬，擴大

Credit cards are **widely** accepted across Europe.
信用卡在歐洲被**廣泛**接受。

- a widely recognized/known person
  被廣泛認可的人／廣為人知的人

566 ★
- **substitute**
- [ˈsʌbstəˌtjut]

名 替代品，代替物
動 用……代替

近 replace 取代 ³³⁶

The government needs a **substitute** for the current tax system.
政府需要一個現行稅制的**替代方案**。

- a substitute item　替代品
- substitute A for B　用A代替B

567 ★
- **dramatically**
- [drəˈmætɪklɪ]

副 戲劇（性）地

dramatic 形 戲劇（性）的
近 drastically 劇烈地

Prices increased **dramatically** because of an inventory shortage.
由於庫存短缺，價格**急遽**上漲。

- be dramatically higher　要高得多

236

surprisingly
[sə`praɪzɪŋlɪ]

(副) 令人驚訝，出人意料地

surprise
(動) 驚訝，意想不到的事物

surprising (形) 令人驚訝的，
出人意料的

surprised (形) 感到意外的

Despite competition, the domestic car market is **surprisingly** strong.
儘管競爭激烈，但國內汽車市場卻**出人意料地**強勁。

出題重點

surprisingly vs. surprising

題目考的是根據其**修飾對象**的不同，選出適當的詞性。

- in a (**surprisingly**/~~surprising~~) short time
  （副詞：修飾形容詞）在出奇短的時間裡
- a (~~surprisingly~~/**surprising**) offer
  （形容詞：修飾名詞）令人驚訝的報價／提議

---

stable
[`stebḷ]

(形) 穩定的，穩固的

stability (名) 穩定，穩固

(近) steady 穩步的，持續的
563

The company's profits are expected to remain **stable**.
該公司的利潤預計將保持**穩定**。

- a stable business/relationship
  穩定的生意／關係

---

decrease
[di`kris]

(動) 減少，下降
(名) 減少，下降

(近) decline 下降，下跌
095
(反) increase 增加，增強

The demand for luxury items **decreases** in difficult economic conditions.
在經濟不景氣的時候，對奢侈品的需求會**減少**。

- decrease expenditures 減少支出
- a decrease in ……的減少

Part 3 & 4

交通・天氣 必考單字

請仔細聆聽下方單字，以及與**交通**、**天氣**有關的對話和獨白中常出現的句型範例。

■ **update** 更新
Here's the **updated** bus schedule.
這是最新的公車時刻表。

■ **miss** 錯過，沒趕上
I just **missed** my flight to Angus.
我錯過了飛往安格斯的航班。

■ **definitely** 肯定，一定
It is **definitely** going to rain.
肯定要下雨了。

■ **commute** 通勤，上下班往返
I **commute** to work by bus.
我搭公車上下班。

■ **especially** 特別地
Last winter was **especially** cold.
去年的冬天特別冷。

■ **appreciate** 感謝，感激
We **appreciate** your flying with us.
我們感謝您搭乘本班機。

■ **technical** 技術的
The **technical** department will inspect the train.
技術部將對該列火車進行檢查。

■ **mistake** 錯誤，過失
We need to correct a **mistake** on the weather forecast.
我們需要更正天氣預報上的一個錯誤。

■ **regular** 一般的
They announced the **regular** rate for shipping.
他們公布了一般運費。

■ **transportation** 交通，運輸
The city wants to encourage people to use public **transportation**.
該市希望鼓勵大家使用大眾運輸工具。

■ **alternative** 替代的，另外的
You'd better take an **alternative** route to Saint Avenue.
你最好走另一條路去聖恩特路。

■ **cancel** 取消
The train has been **canceled** because of technical issues.
由於技術問題，該班列車已被取消。

Check Up!

A 請將下列英文單字連接正確的意思。

01 industry   •

02 consult   •

03 period   •

04 economic   •

05 decrease   •

  • ⓐ 產業，工業

  • ⓑ 減少，下降

  • ⓒ 經濟的；有利可圖的

  • ⓓ 一段時間，時期

  • ⓔ 諮詢，向……徵求意見

B 請將符合題意的單字填入空格當中。

> ⓐ impact   ⓑ secure   ⓒ concern   ⓓ occur   ⓔ steady

06 Her absence from work has become a real _____.

07 The _____ of climate change means we need new solutions to generating power.

08 Profits have not increased or decreased much over the years but have remained _____.

09 He worked hard to make sure his job remained _____.

C 請選出適合填入空格的單字。

10 The solar panel industry will probably experience ------- growth next year.
  ⓐ current   ⓑ rapid

11 Supporting a completely new company could be a risky -------.
  ⓐ investment   ⓑ figure

12 The fees for sending money to an overseas bank are ------- high.
  ⓐ surprisingly   ⓑ surprising

01 ⓐ 02 ⓔ 03 ⓓ 04 ⓒ 05 ⓑ 06 ⓒ 07 ⓐ 08 ⓔ 09 ⓑ 10 ⓑ 11 ⓐ 12 ⓐ

239

經濟‧競賽

▦ decrease	▦ dramatically
▦ steady	▦ likely
▦ figure	▦ occur
▦ period	▦ concern
▦ industry	▦ widely
▦ generally	▦ economic
▦ face	▦ stable
▦ remain	▦ retail
▦ surprisingly	▦ impact
▦ substantial	▦ predict
▦ consult	▦ largely
▦ current	▦ substitute
▦ secure	▦ investment
▦ approximately	▦ nearly
▦ rapid	▦ attribute

背熟的單字數量 _____ / 30

日常生活

● 一起看一下今天要學的單字和圖片吧！

account

帳戶

issue

發行，發布

recommend

推薦，建議

statement

（銀行）對帳單

exhibition

展覽（會）

loan

貸款，借款

amount

數量

proceed

（朝特定方向）前進

crowded

擁擠的，擠滿人的

verify

確認，證實

critical

至關重要的

duration

持續時間

571 ★★★
□ **account**
□ [əˈkaʊnt]
□

名 帳戶；記述
動 視為

accounting 名 會計（學）
accountant 名 會計師
accountable 形 應負責任的

Customers need identification to open an **account** at Worley Bank.
客戶需要提供身分證明文件才能在沃立銀行開戶。

- open/close an account 開立／註銷帳戶
- take into account 考慮……
- account for 說明……的原因；（比例）占……
- be accountable to 對……負有責任

572 ★★★
□ **despite**
□ [dɪˈspaɪt]
□

介 儘管，無論

近 in spite of 儘管，無論
近 notwithstanding
　雖然，儘管

Despite the inconvenient location, many people visit this gym.
儘管地點不便，還是很多人還是會去這家健身房。

出題重點

despite vs. although

介系詞despite和連接詞although（儘管……）的意思相近，題目考的是辨別兩者的差異，選出適當的單字。介系詞despite的後方要連接名詞（片語）；連接詞although的後方則要連接具備〈主詞＋動詞〉兩大要素的子句。

- (**Despite**/Although) the high price, tickets are sold out. 儘管票價高昂，票還是售罄了。
- (Despite/**Although**) the price is high, tickets are sold out. 雖然票價高昂，票還是售罄了。

573 ★★★
□ **instruction**
□ [ɪnˈstrʌkʃən]
□

名 指示，指導

instruct 動 指示，指導
instructor
名 教師，教練，講師

近 direction 指導，說明

Please read the **instructions** carefully before using the blender.
使用攪拌機前請仔細閱讀說明書。

- read the instructions 閱讀說明書
- instructions on 關於……指示
- be instructed to do 奉命去……

574 ★★★
☐
☐ **due**
☐ [dju]

(形) 預計的；到期的

The next bus is **due** to arrive in five minutes.
下一班公車**預計**於五分鐘後到達。

- be due to *do* 按理該⋯⋯，預計⋯⋯
- be due by 在⋯⋯前到期
- due to 由於，因為

575 ★★★
☐
☐ **issue**
☐ ['ɪʃju]

(動) 發行，發布
(名) 議題；（報刊的）期，號

The government **issues** building permits for all major construction projects.
所有的重大工程建案都需經政府**核發**建築許可證。

- issue a summary 發布摘要
- address an issue 處理一項議題
- the latest issue of a magazine 最新一期雜誌

576 ★★
☐
☐ **bill**
☐ [bɪl]

billing (名) 寄發帳單

(名) 帳單；法案

Our electricity **bill** is always higher in the winter.
我們冬天的電**費**總是比較高。

- reduce utility bills 減少水電瓦斯費
- approve a bill 批准一項法案
- a billing error 帳單錯誤

577 ★★★
☐
☐ **recommend**
☐ [,rɛkə'mɛnd]

229
recommendation
(名) 推薦，建議

(動) 推薦，建議

Ms. Ozama **recommends** Western Railways for long trips.
奧薩瑪小姐**建議**長途旅程搭乘西部鐵路。

- recommend A for/to B 推薦A給B
- be highly/strongly recommended
  高度／強烈推薦

097

578 ★★

statement
[ˈstetmənt]

名（銀行）對帳單；（正式的）說明，聲明

state 動 陳述，聲明

近 announcement
宣告，宣布

The credit card **statement** lists all of the month's charges.
信用卡**對帳單**列出了當月的所有消費。

- prepare a financial statement 準備財務報表
- issue a press statement 發出新聞稿

---

579 ★★

condition
[kənˈdɪʃən]

名 狀況，狀態；條件，條款

conditional 形 有條件的
近 term 條款 072

Drivers should slow down under icy road **conditions**.
在道路結冰的**狀況**下，司機應減速慢行。

- weather conditions 天氣狀況
- terms and conditions 條款及細則

---

580 ★★

exhibition
[ˌɛksəˈbɪʃən]

名 展覽（會）；表現，顯示

exhibit 動 展示，陳列
名 展示品，陳列品

The **exhibition** features paintings from a famous artist.
這次**展覽**展出了一位著名藝術家的畫作。

- an exhibition venue 展覽會場
- exhibit a collection 展出收藏品

---

581 ★★

adjustment
[əˈdʒʌstmənt]

名 調整；適應

adjust 動 調整；適應
adjustable 形 可調整的

The city made **adjustments** to the subway schedule during the holidays.
該市**調整**了假日期間的地鐵時刻表。

- make an adjustment to 調整……
- adjust a price 調整價格
- adjust to a new environment 適應新環境

582 ★★★

☐
☐ **completely**
☐ [kəm`plitlɪ]

副 完全地，徹底地

302
complete
形 完全的，徹底的
動 完成

近 totally 完全，整個地

Mr. Merrill was **completely** satisfied with the exhibition.
美林先生對這次的展覽**十分**滿意。

> **出題重點**
>
> **completely vs. complete**
>
> 題目考的是根據其在句中扮演的角色，選出適當的詞性。
>
> • be (**completely**/~~complete~~) full
>   （副詞：修飾形容詞）完全滿了
> • The repairs were (~~completely~~/**complete**).
>   （形容詞：補語角色）修繕工作已完成。

583 ★★

☐
☐ **ability**
☐ [ə`bɪlətɪ]

名 能力，才能

able 形 能夠的，可以的

近 capability 能力，才能

The Web site gives passengers the **ability** to check bus schedules.
該網站使乘客**能夠**查看公車時刻表。

• an ability to *do* 有能力……
• be able to *do* 能夠……

584 ★★

☐
☐ **clear**
☐ [klɪr]

形 清楚的，顯然的
動 清除，清理

clearance
名 清掃；清倉大拍賣
341
clearly
副 清楚地，顯然地

Clear instructions for cooking the food are on the package.
包裝上有如何烹飪該食品的**清楚**說明。

• make it clear that S + V 說清楚……
• a clearance sale 清倉大拍賣

585 ★

☐
☐ **loan**
☐ [lon]

名 貸款，借款

近 mortgage 抵押貸款

Ms. Burke applied for a **loan** to make home repairs.
為了修繕房屋，伯克小姐申請了一筆**貸款**。

• apply for a loan 申請貸款
• a loan application 貸款申請（書）

098

586 ★★
☐
☐ **amount**
☐ [ə'maʊnt]

名 數量
動 合計，共計

近 sum 金額；總計

量好少……

City officials want to increase the **amount** of traffic signals.
市府官員希望增加交通號誌的**數量**。

- for a limited/considerable amount of time 有限的／相當多時間
- the amount of revenue 收入總額

587 ★
☐
☐ **eliminate**
☐ [ɪ'lɪmə,net]

動 排除，消除；淘汰

349
近 remove 移除；免職

Credit cards have nearly **eliminated** the need for cash.
信用卡幾乎**消除**了對現金的需求。

- eliminate waste/viruses 清除垃圾／病毒

588 ★★
☐
☐ **proceed**
☐ [prə'sid]

動 （朝特定方向）前進；繼續進行
名 收益

272
process 名 過程 動 處理
463
procedure 名 程序，手續

出口

Please **proceed** to the nurses' station to check in.
請**前往**護士站辦理住院手續。

- proceed to 前往……
- proceeds from the sale 銷售收益

589 ★★
☐
☐ **admission**
☐ [əd'mɪʃən]

名 允許進入；承認

416
admit 動 允許……進入；承認

Admission to the Frick Museum is free every Monday.
每週一弗里克博物館免費**入場**。

- free admission to an event 免費參加活動
- an admission fee/ticket 入場費／票

246

590 ★

☐
☐ **crowded**
☐ [ˈkraʊdɪd]

crowd 動 擠滿
　　　名 人群，一堆

形 擁擠的，擠滿人的

The subway is always **crowded** in the morning.
早上地鐵裡總是**擠滿了人**。

> **出題重點**
> **crowded vs. crowd**
> 題目考的是根據其在句中扮演的角色，選出適當的詞性。
> - The bus is (**crowded**/~~crowd~~) with people.
>   （形容詞：補語角色）公車裡擠滿了人。
> - handle the (~~crowded~~/**crowd**)
>   （名詞：受詞角色）控制人群

591 ★

☐
☐ **owe**
☐ [o]

owing to 介 因為

動 欠（債）；把……歸功於

Mr. Johnson **owes** Midvale Bank $10,000 for a business loan.
強森先生**欠了**米德維爾銀行**10,000**美元的企業貸款。

- owe A B 欠AB

592 ★

☐
☐ **rarely**
☐ [ˈrɛrlɪ]

rare 形 稀有的，罕見的
088
近 hardly 幾乎不

近 seldom 很少，難得

反 frequently
　　頻繁地，屢次地

副 很少，難得

Unfortunately, people **rarely** use the park's tennis courts.
可惜的是，大家**很少使用**公園的網球場。

- rarely use protective gear　很少使用護具
- be rarely simple　很少那麼簡單

593 ★

☐
☐ **initiate**
☐ [ɪˈnɪʃɪˌet]

468
initiative 名 倡議，新措施
381
initial 形 最初的，開始的
382
近 launch 推出，啟動

動 開始，創始

Click on "Run File" to **initiate** the program.
用滑鼠點擊「執行檔案」來**啟動**程式。

- initiate a service request　發起服務請求

594 ★
□ **verify**
□ ['vɛrə,faɪ]

(動) 確認，證實

verification (名) 確認，證實

The train manager will **verify** each passenger's ticket.
列車長將**查驗**每位乘客的車票。

- verify the information 核實資料
- official verification 官方認證

---

595 ★
□ **coverage**
□ ['kʌvərɪdʒ]

(名) 保險項目（範圍）；新聞報道

162
cover (動) 足夠支付；處理

This car insurance provides **coverage** for all repairs.
這種汽車保險**範圍**包括所有的修理費。

- offer/provide coverage 提供保險
- press coverage 新聞報導
- front-page coverage 頭版報導

---

596 ★
□ **critical**
□ ['krɪtɪkl]

(形) 至關重要的；批評的；評論的；嚴重的

critic (名) 批評者；評論家

critically
(副) 至關重要地；批判性地；評論地；嚴重地

The annual fundraiser is **critical** to the charity's success.
年度募款活動對慈善事業的成功**至關重要**。

- a critical position 關鍵位置
- it is critical that S + V ……是至關重要的
- an art critic 藝術評論家
- critically acclaimed 廣受好評

> **出題重點**
> 出現在多益測驗 PART 7 的同義詞題目中。表達「重大的」的意思時，能與 **essential** 和 **important** 替換使用。
>
> - **critical/essential/important** issues
>   關鍵的議題

248

597 ★

☐
☐ **continually**
☐ [kənˈtɪnjʊəlɪ]

(副) 不斷地，頻繁地

continue (動) 繼續，持續
continuous (形) 連續的，不斷的

(近) repeatedly 反覆地，重覆地

Allen's Hair Salon works to **continually** improve its services.
艾倫美髮沙龍**不斷地**努力改善其服務品質。

- continue to *do* 繼續……
- continuous complaints 接連不斷的客訴

598 ★

☐
☐ **duration**
☐ [djʊˈreʃən]

(名) 持續時間

during (介) 在……的期間
548
(近) period 一段時間

Ballard Street was closed for the **duration** of the parade.
巴拉德街在遊行**期間**封街。

- the duration of the road construction
  道路施工期
- during the conference 在會議期間

599 ★

☐
☐ **gradually**
☐ [ˈgrædʒʊəlɪ]

(副) 逐漸地，逐步地

gradual (形) 逐漸的，逐步的

(反) suddenly 突然地

The city **gradually** replaced old park benches with new ones.
該市**逐漸**把公園的舊長椅汰換成新的長椅。

- dim gradually 漸漸變暗

600 ★

☐
☐ **specify**
☐ [ˈspɛsəˌfaɪ]

(動) 明確指出

specification (名) 規格，詳細說明
056
specific (形) 特定的；明確的
(名) 細節，詳情

Contractors must **specify** the dates for the construction in advance.
承包商必須預先**指定**施工日期。

- at a specified time/price
  在指定的時間／以指定的價格
- check product specifications 檢查產品規格

■ **expect** 預期
The road work is **expected** to be completed by tomorrow.
道路工程預計將在明天完成。

■ **look forward to** *doing* 期待……
I'm **looking forward to** seeing the show.
我很期待看到演出。

■ **property** 房地產，資產
I am interested in **property** in the downtown area.
我對市區的房產感興趣。

■ **apparently** 顯然地
Apparently, the street will be crowded this weekend.
顯然，這個週末街上會擠滿了人。

■ **perform** 表演，演奏
NIT Band is here to **perform** at our festival.
NIT樂隊來這裡為我們的慶典表演。

■ **disappointed** 失望的，沮喪的
I'm **disappointed** with the cancellation of the football match.
我對足球比賽取消感到失望。

■ **exercise** 運動，鍛鍊
I signed up for an **exercise** program.
我報名參加了一個運動課程。

■ **rent** 出租
Is this hall available for **rent**?
這個禮堂可供出租嗎？

■ **community** 社區
The **community** center held the annual event.
社區活動中心舉辦了這場年度活動。

■ **happen** 發生
The music performance will **happen** tomorrow night.
音樂表演將在明天晚上舉行。

■ **volunteer** 自願
I **volunteered** to help organize the event.
我自告奮勇幫忙組織活動。

■ **vote** 投票
You can **vote** for your favorite exhibit.
您可以為自己最喜歡的展覽品投票。

Check Up!

DAY 20 日常生活

A 請將下列英文單字連接正確的意思。

01 owe •

02 due •

03 eliminate •

04 adjustment •

05 recommend •

• ⓐ 預計的；到期的

• ⓑ 推薦，建議

• ⓒ 欠(債)；把……歸功於

• ⓓ 排除，消除；淘汰

• ⓔ 調整；適應

B 請將符合題意的單字填入空格當中。

ⓐ proceed   ⓑ statement   ⓒ loan   ⓓ verify   ⓔ critical

06 You will be offered the job once we can _____ your work experience.

07 You bank _____ should show your salary at the end of the month.

08 Once you have made your purchase, please _____ to the checkout.

09 It is _____ that everyone update their software quickly.

C 請選出適合填入空格的單字。

10 ------- the cold weather, the park was crowded with visitors.
ⓐ Despite   ⓑ Although

11 The reasons for rejecting Ms. Walsh's loan application are not entirely -------.
ⓐ clearly   ⓑ clear

12 Passengers waited for a considerable ------- of time for the next bus.
ⓐ amount   ⓑ account

ⓐ 01 ⓒ 02 ⓐ 03 ⓓ 04 ⓔ 05 ⓑ 06 ⓓ 07 ⓑ 08 ⓐ 09 ⓔ 10 ⓐ 11 ⓑ 12 ⓐ

01 Employee satisfaction with the new bonus policy is ------- high.

(A) gradually
(B) critically
(C) considerably
(D) conveniently

02 The Hampton Office Complex is easily ------- by public transportation.

(A) generous
(B) accessible
(C) various
(D) significant

03 The United States announced new ------- on foreign fruits and vegetables.

(A) receipts
(B) organizations
(C) regulations
(D) environments

04 The landlord is ------- to raise the apartment's rental fees next month.

(A) rapid
(B) costly
(C) diverse
(D) likely

05 Labor costs will increase by ------- two and a half percent next year.

(A) approximately
(B) approximated
(C) approximate
(D) approximation

06 Helsinki Mart has ------- good relationships with the local suppliers to get quality produce.

(A) established
(B) commuted
(C) reflected
(D) verified

07 ------- all department managers support the change to a flexible work schedule.

(A) Nearly
(B) Continually
(C) Otherwise
(D) Widely

08 Healthcare costs ------- a large part of the national budget each year.

(A) announce
(B) occupy
(C) rely
(D) initiate

09 Many residents walk to the library because of its ------- to their apartment building.

(A) view
(B) condition
(C) period
(D) proximity

10 To improve cooperation, the branch manager ------- weekly meetings with team members.

(A) consults
(B) anticipates
(C) acquires
(D) recommends

11 Last Saturday, local volunteers cleaned up the ------- lot on Norris Avenue.

(A) stable
(B) annual
(C) vacant
(D) economic

12 The interior of the house looked ------- different after the remodeling project.

(A) to complete
(B) complete
(C) completely
(D) completed

翻譯與解析

- **Check Up!** 翻譯

- **Review Test** 答案與翻譯／解析

Check Up! 翻譯

DAY 01
P. 17

06 人力資源部門會保留員工行為的<u>永久</u>紀錄。

07 所有<u>張貼</u>在公告欄的事項都必須經由管理階層核准。

08 總公司已經花了好一段時間在<u>找</u>新的職員。

09 所有該職位的<u>應徵者</u>在面試時都會受到仔細審查。

10 今年的應徵人數比<u>去年</u>的總應徵人數還要多。

11 霍夫曼女士將與一位面試官在孟買的辦公室<u>會面</u>。

12 人力招募委員會對於布羅克先生的履歷很<u>滿意</u>。

DAY 02
P. 29

06 公司的執行長將會向員工做個簡單的報告。

07 櫃檯的祕書負責安排行程以及批准<u>約會</u>事宜。

08 在幾個月的加班後，我們團隊終於<u>達成</u>了銷售目標。

09 珍妮特的勤奮努力讓她在公司中<u>很快</u>就升遷。

10 經理將向董事會成員們<u>報告</u>季度銷售狀況。

11 經理毫無解釋就將會議<u>延</u>至周五。

12 菲立克斯設計公司在創意圖像的領域中贏得了龍頭供應商的<u>美名</u>。

DAY 03
P. 41

06 因為工作職責繁重，我<u>很少</u>有時間能從事休閒活動。

07 在他的合約到期之後，公司決定與他<u>續約</u>一年。

08 在將所有備忘錄寄給其他員工前，<u>必須</u>要檢查一番。

09 我們向其他企業<u>供應</u>電子產品。

10 華樂絲小姐想要討論她<u>對於</u>與 YJ 汽車公司簽合約的疑慮。

11 公司的律師將會仔細審閱文件以檢查是否有問題。

12 在簽約前請務必詳讀合約<u>條款</u>。

DAY 04
P. 53

06 公司的財務長負責保留金融往來紀錄。

07 公司的新行銷策略將會在明年開始生效。

08 所有的員工都必須直接向所屬的部門經理匯報。

09 該調查顯示比起到實體店面，民眾更喜歡網路購物。

10 優提卡麵包店正在投放電視廣告以吸引更多顧客。

11 我們需要為公司設計新的商標。

12 卡弗金融公司幫助客戶做有收益的投資。

DAY 05
P. 65

06 銷售團隊的表現創下今年的新高。

07 去年我們如此賣命工作，獎金顯然是我們應得的。

08 你一定要有密碼才能連上辦公室的Wi-Fi。

09 我們公司的總部位於台北。

10 新聘用的稅務會計師將成為團隊中寶貴的資產。

11 耶茲先生適合做為團隊領導人。

12 沒有必要為新進員工培訓提早佔位。

DAY 06
P. 79

06 公司的在職人員工資表由財務部管理及更新。

07 預估明年銷售額時，將經濟狀況考慮進去是很重要。

08 做公共調查時，每個人分開填寫是很重要的。

09 她總是對任何交派給自己的專案充滿熱忱。

10 康萊爾企業在員工福利上超出預期。

11 IT團隊為所有員工提供快速的技術支援。

12 員工必須與經理確認休假日。

DAY 07
P. 91

06 我們在事前會議中討論了新的省錢方案。

07 成為「年度最佳銷售員」是我最高的榮譽之一。

08 在辦公室時應穿著專業的服裝。

09 最近幾個月工廠的生產力急遽增加。

10 全國出版大會在西雅圖一年舉行一次。

11 賽吉歐盧索是年度最佳銷售員的獲獎者。

12 在皮爾絲小姐退休派對的賓客可以享用到優質的佳餚。

DAY 08
P. 103

06 我的行程目前很緊湊，但下週我們可以約。

07 公司舉辦的棒球賽很受員工歡迎。

08 在您交回表格前，請確認所有的欄位都有填寫完成。

09 部長取消了今天下午的會議。

10 星期六晚上七點仍有一些座位可訂。

11 廷塔哲城堡是英格蘭西南部熱門的旅遊景點。

12 我們目前無法處理您的退款要求。

DAY 09
P. 115

06 購買辦公室用品後，請將發票交給財務主管。

07 員工證只在你在職期間有效。

08 請到櫃檯將舊的身分證換成新的。

09 這個產品的保固期是一年。

10 海德先生對訂閱該服務表示感興趣。

11 企業客戶有資格以批發價格購買商品。

12 山姆露營用品店以實惠的價格販售睡袋。

DAY 10
P. 127

06 我們預期在未來五年業績成長三倍。

07 目前這間辦公室有超過50個人在此工作。

08 我將報告的影本交給經理,並將正本留存。

09 很遺憾地,管理層否決了我的休假申請。

10 倉庫工人將地址標籤貼到每個箱子的頂部。

11 量比較大的訂單可能需要用兩輛以上的貨車分開載運。

12 請用額外的包材處理易碎物品以避免損壞。

DAY 11
P. 141

06 重要的是要在截止日期前完成所有的任務。

07 與同事之間的所有問題都必須妥善處理。

08 他一整年都很努力工作,而回報就是升遷。

09 如您購買的產品有任何瑕疵,我們都會盡力維修。

10 顧客應於客服櫃台進行退貨事宜。

11 HT網路公司是該地區最值得信賴的網際網路服務業者。

12 總體而言,客戶對普里莫軟體公司的技術支援熱線服務感到滿意。

DAY 12
P. 153

06 這項產品修理好了,應該不會再有問題了。

07 我檢查了保證書後,發現已經過保固期了。

08 本公司竭盡全力向所有客戶保證,我們的產品經久耐用。

09 您可以在公司的網站上找到定期更新。

10 這條漏水的水管顯然需要修理。

11 我們需要一位經驗豐富的電氣技師來處理這項艱鉅的任務。

12 這家公司將會寄給我一份更換屋頂的估價單。

DAY 13   06   我們愈來愈擔心銷售低迷的狀況。
P. 165
         07   在處理怒氣沖沖的客戶時，務必要遵循公司的政策。

         08   在製造產品前，得先將材料從海外運過來。

         09   自今年年初以來，這家工廠就一直以最大產能生產各項產品。

         10   網路廣告是推銷該產品的成功之道。

         11   工廠工人應將適當的設備帶到生產車間。

         12   客戶回饋意見調查通常是準確的資訊來源。

DAY 14   06   待表格填寫完後，請繳交至人資部。
P. 177
         07   我盡力跟同事和睦相處，創造一個良好的工作環境。

         08   今天是休假日，但通常這間辦公室有更多人在工作。

         09   他撇不下臉承認，自己僱用史蒂夫做這份工作是個錯誤的決定。

         10   這個帳號將可讓你全權使用研究數據庫。

         11   員工能輕易理解操作手冊上的使用說明。

         12   希蘭先生必須立即處理總部的緊急事務。

DAY 15   06   所有交給員工的工作都是他們的職責。
P. 189
         07   員工的工作內容全都要受到經理的監督。

         08   行銷的困難點在於要知道怎麼跟消費者溝通。

         09   本產品的法律聲明可見於操作手冊中。

         10   桑切斯先生寫了一份報告，告知員工調查的結果。

         11   員工必須事先獲得許可才能借用公司的汽車。

         12   使用這款新軟體就可以更有效率地處理訂單。

DAY 16
P. 203

06 為了減少垃圾量，請將廢紙回收再利用。

07 前台的保安會告訴你去辦公室的路線。

08 年銷售額的四分之一將用於其他業務。

09 今年年底，我們部門將與行銷部合併。

10 經理宣布增加所有員工的休假時間。

11 我一收到電子郵件後，就馬上聯繫我的主管。

12 金布爾先生成立了一個委員會來審查每個部門的預算。

DAY 17
P. 215

06 員工不被允許把車停在辦公室前面。

07 這家工廠幫許多不同的公司生產各類的產品。

08 積極向上的工作環境對公司的生產力至關重要。

09 這間辦公室已閒置多年，不過很快就會有人搬進來。

10 為推廣對藝術作品的欣賞，每年都會舉辦藝術節。

11 今年參加遊行的人數大幅增加。

12 柏本克及附近社區的居民參觀劇院。

DAY 18
P. 227

06 員工不得移走公司財產。

07 設計這棟大樓的建築師曾贏得了許多獎項。

08 近幾年，小型車愈來愈盛行。

09 疏忽會造成讓公司損失慘重的大錯。

10 搭電梯或走樓梯都可以到張小姐的辦公室。

11 威爾莫特百貨公司在那間購物中心占地最大。

12 新建的地鐵站就位於主要大街附近，交通十分便利。

DAY 19
P. 239 06 她曠職的狀況令人相當擔憂。

07 氣候異常的衝擊意味著我們需要新的發電方式。

08 這些年來，獲利沒有增減多少，一直很穩定。

09 他努力工作好保住這份工作。

10 明年太陽能板業可能會出現快速增長。

11 資助一家全新的公司可能是一項高風險的投資。

12 匯款到海外銀行的費用高得驚人。

DAY 20
P. 251 06 等我們核實了你的工作經歷後，你就能得到這份工作。

07 月底時你的薪水會顯示在銀行對帳單上。

08 一旦你決定好要買哪些東西後，請前往收銀台結帳。

09 儘快更新軟體對每個人都很重要。

10 儘管天氣很冷，公園裡還是擠滿了遊客。

11 目前還不太清楚沃爾希小姐申請貸款被拒絕的原因。

12 乘客等下一班公車等了相當長的一段時間。

Review Test 1 DAY 01-05 P. 66

Answers	01 (B)	02 (B)	03 (C)	04 (C)	05 (A)	06 (C)
	07 (A)	08 (D)	09 (D)	10 (B)	11 (B)	12 (A)

01　霍特小姐因其談判技巧，而被**大力**推薦此工作。

(A) 小心地　**(B) 非常**　(C) 短暫地　(D) 早

單字 recommend 推薦　negotiation 協商　skill 技巧

02　西北家具行舉辦線上銷售，以**增加**第三季度的收益。

(A) 依賴　**(B) 增加**　(C) 授權　(D) 評估

單字 hold 舉行　profit 收益　quarter 一季度

03　請在八月一日前將**相關**文件交至人資辦公室。

(A) 有盈利的　(B) 自信的　**(C) 相關的**　(D) 珍貴的

單字 submit 呈交　HR (=human resources) 人資

04　新客戶應盡**快**歸還簽署過的合約。

單字 client 客戶　return 歸還　contract 合約

解析 查看選項後，便能得知本題要選出適合填入空格的詞性。as . . . as possible（盡可能地……）中間可以填入形容詞或副詞的原級，因此答案可能是形容詞原級(B)，或是副詞原級(C)。而空格修飾動詞 return，因此答案要選副詞(C)，才能用來修飾動詞。(A)為名詞，(D)為形容詞比較級，因此並非答案。

05　辛普森小姐會**審查**廣告上的資訊，並將其寄給報社。

(A) 審查　(B) 招募　(C) 更喜歡　(D) 任命

單字 information 資訊　advertisement 廣告

06 在聖誕節假期結束後，克魯斯服飾店的冬季大衣**需求**通常會下滑。

(A) 決定　(B) 成就　**(C) 需求**　(D) 焦點

單字 usually 通常　drop 下滑　the holiday season 聖誕假期

07 因為新聞稿有數個錯誤，偉特謝爾先生必須得**修改**它。

(A) 修改　(B) 使……充滿　(C) 指出　(D) 參加

單字 press release 新聞稿　contain 包含　several 數個的

08 要得到主管批准員工才**可能**休一周以上的假期。

(A) 傑出的　(B) 具有資格的　(C) 有知識的　**(D) 可能的**

單字 employee 員工　vacation 假期　supervisor 主管　approval 批准

09 克萊門特公司的業務缺**要求**兩年相關經驗。

(A) 應徵者　(B) 升遷　(C) 提名　**(D) 要求**

單字 experience 經驗　sales position 銷售類型的職位

10 應徵者需**直接**將履歷寄給科爾曼製造公司，而不是招聘人員。

單字 applicant 應徵者　résumé 履歷　recruiter 招聘人員。

解析 移除空格後，該句話仍為一個結構完整的句子。因此空格要填入
副詞，答案為(B)。

11 為了建置新的資料庫，班森會計公司**最近**聘請了一位兼職的IT技術人員。

(A) 尤其是　**(B) 最近**　(C) 大大地　(D) 一貫地

單字 hire 聘請　technician 技工　set up 建置

12 新的家電工廠將為諾伍德居民**創造**近百個就業機會。

(A) 創造　(B) 批准　(C) 將……用於　(D) 討論

單字 appliance 家電　factory 工廠　nearly 將近　resident 居民

Answers	01 (D)	02 (A)	03 (D)	04 (C)	05 (C)	06 (A)
	07 (B)	08 (D)	09 (B)	10 (C)	11 (B)	12 (A)

01 伯靈頓旅館被**視為**最適合商務旅客的飯店。

(A) 修正 (B) 使……坐落在 (C) 註冊 **(D) 視為**

單字 business traveler 商務旅客

02 快捷航空公司以**實惠的**價格提供數班飛往舊金山的航班。

單字 a number of 一些 flight 航班

解析 空格用來修飾後方的名詞 prices，應填入形容詞，因此答案為 (A)。
建議記住 at affordable prices（以經濟實惠的價格）的用法。

03 根據追蹤資訊，包裹**目前**在分裝廠。

(A) 立刻 (B) 完全地 (C) 正常地 **(D) 目前**

單字 package 包裹 sorting 分類 facility 場所

04 珊蒂雅小姐以折扣價購買攪拌機，因為它被**輕微地**刮傷了。

單字 receive 收到 discount 折扣 blender 攪拌機 scratch 刮痕

解析 請特別記住，當空格置於 be 動詞和過去分詞之間時，屬於典型的
副詞詞彙題。因此答案為副詞 (C)。

05 馬洛尼國際公司將為員工舉辦一**系列**的午間講座。

(A) 短缺 (B) 接受者 **(C) 系列** (D) 方法

單字 host 舉辦 lecture 講座

06 額外支付 5.95 美元就**可使用**快遞。

(A) 可取得的 (B) 最近的 (C) 異常優秀的 (D) 易損壞的

單字 express shipping 快遞 additional 額外的 charge 費用

07 漢德森小姐擔任分店經理的薪資**超出**她的期望。

(A) 確保 **(B) 超出** (C) 練習 (D) 比較

單字 salary 薪資 branch manager 分店經理 expectation 期望

08 **只要**登入 www.meridithfurniture.com 網站,即可觀看我們的手作木製家具。

(A) 相對地 (B) 精確地 (C) 分開地 **(D) 只要**

單字 view 觀看 hand-crafted 手作的 wooden 木頭的

09 艾德嘉公司每年**提供**正職員工三周的有薪假。

(A) 需要 **(B) 提供** (C) 購買 (D) 賺(錢)

單字 paid vacation 有薪假 full-time 正職的

10 副總裁帶的培訓課程,是關於提高團隊**生產力**的最佳方法。

單字 vice president 副總裁 training session 訓練課程 increase 增加

productivity 生產力

解析 空格與前方的名詞team組合成複合名詞,當作動詞increase的受詞使用,因此答案要選名詞(C)。team productivity的意思為「團隊生產力」,建議當成一組單字來背。

11 新的網站讓我們可以輕鬆**處理**顧客需求。

(A) 給予權利 **(B) 處理** (C) 附上 (D) 影響

單字 allow 允許 request 要求,請求

12 管理階層希望許多員工登記參加**即將到來的**領導力研討會。

(A) 即將到來的 (B) 具備條件的 (C) 許多的 (D) 熱切的

單字 management 管理層 register for 登記……

Answers	01 (B)	02 (B)	03 (A)	04 (A)	05 (A)	06 (C)
	07 (A)	08 (D)	09 (C)	10 (C)	11 (B)	12 (D)

01 毛衣的尺寸不合，所以卡爾森先生將它**退還**給店家。

(A) 解決　**(B) 退還**　(C) 提醒　(D) 取代

單字 wrong 錯誤的

02 在收到近一步的**通知**前，太瑪猶塔的西出口將持續關閉。

(A) 抱怨　**(B) 通知**　(C) 輪班　(D) 解決方法

單字 entrance 入口　be closed 關閉

03 星光通訊公司的顧客現在在國內各地可享受其**可靠的**服務。

單字 enjoy 享受　reliable 可靠的　country 國家

解析 空格置於「所有格＋形容詞＋名詞」的結構中，用來修飾名詞，因此答案為形容詞 (A)。

04 乾淨的濾網會使冷氣運作得更**有效率**。

(A) 有效率地　(B) 最後　(C) 日益增加地　(D) 完全地

單字 air conditioner 冷氣　run 運作　filter 濾網

05 林小姐**經營**一家專為科技類新創公司服務的小型顧問公司。

(A) 經營　(B) 釋出　(C) 詢問　(D) 獲得

單字 consulting 顧問的　technology 科技　field 領域

06 你可使用這組帳號及密碼**進入**公司的客戶資料庫。

(A) 功能　(B) 續約　**(C) 進入**　(D) 缺席

單字 client 客戶

07 帕克先生對每台機器的特色有**廣泛的**了解。

(A) 廣泛的 (B) 免費贈送的 (C) 暫時的 (D) 緊急的

[單字] knowledge 知識 feature 特色 machinery 機器

08 華格納先生將在巴雷特小姐休假時肩負起分店經理的**責任**。

(A) 評論 (B) 描述 (C) 差異 **(D) 責任**

[單字] take over 接手…… branch manager 分店經理

09 浮士德保險公司的網站被重新設計，為了**改善**使用者體驗。

(A) 確認 (B) 允許 **(C) 改善** (D) 分派

[單字] user experience 用戶體驗

10 您不用久候，因為我們的員工藉由電子郵件**快速**回覆問題。

(A) 在很大程度上 (B) 平等地 **(C) 快速地** (D) 密切地

[單字] wait 等待 respond 回覆

11 萊姆克電子開發**創新**且具備許多特色的家電產品。

[單字] develop 開發 home appliance 家電

[解析] 空格用來修飾後方的複合名詞home appliances，因此答案為形容詞(B)。

12 大樓經理將會向財務部門提交修理窗戶的**報價**。

(A) 例行公事 (B) 設施 (C) 方法 **(D) 估價**

[單字] submit 呈交 repair 修復

Answers	01 (C)	02 (B)	03 (C)	04 (D)	05 (A)	06 (A)
	07 (A)	08 (B)	09 (D)	10 (D)	11 (C)	12 (C)

01 員工對於新獎金制度的滿意度**相當**高。

(A) 逐漸地　(B) 重要地　**(C) 相當地**　(D) 方便地

單字 employee satisfaction 員工滿意度

02 搭乘大眾運輸**可**輕鬆**抵達**漢普頓綜合大樓。

(A) 大方的　**(B) 可進入的**　(C) 各式各樣的　(D) 重大的

單字 complex 綜合大樓　easily 輕鬆地　public transportation 大眾運輸

03 美國針對外國蔬果宣布新的**規範**。

(A) 收據 (B) 組織　**(C) 規範**　(D) 環境

單字 announce 宣布　foreign 外國的　vegetable 蔬菜

04 房東下個月有**可能**提高公寓租金。

(A) 快速的　(B) 貴重的　(C) 多樣的　**(D) 可能的**

單字 landlord 房東　raise 提高　rental fees 租金

05 明年的勞動成本將增加**約**2.5%。

單字 labor costs 勞動成本　increase 增加　approximately 大約

解析 移除空格後,該句話仍為一個結構完整的句子。而空格後方連接一個數量,表示空格要填入修飾數量的副詞,因此答案為(A)。

06 赫爾辛基賣場與當地供應商**建立**良好的關係,以利於獲取優質的農產品。

(A) 建立　(B) 通勤　(C) 反映　(D) 證明

單字 relationship with 和……的關係　supplier 供應商　quality 優質的 produce 農產品

07 **幾乎**所有部門的經理都支持改為彈性工時。

(A) 幾乎　(B) 一再地　(C) 別樣地　(D) 廣泛地

單字 support 支持　flexible 彈性的

08 健康照護的開銷每年在國家預算中的**占**比相當大。

(A) 宣布　**(B) 占據**　(C) 依賴　(D) 開始

單字 healthcare 健康照護　cost 花費　national 國家的　budget 預算

09 許多居民走路到圖書館，因為它**鄰近**他們的公寓大樓。

(A) 觀看　(B) 情況　(C) 時期　**(D) 鄰近**

單字 resident 居民　library 圖書館　because of 因為……

10 為了加強合作，分店經理**建議**每周與團隊成員開會。

(A) 諮詢　(B) 期待　(C) 獲得　**(D) 建議**

單字 improve 改善　cooperation 合作　weekly 每周的

11 上週六當地志工清理了諾里斯大街上的**空**地。

(A) 穩定的　(B) 每年的　**(C) 空的**　(D) 經濟的

單字 local 當地的　volunteer 志工　lot 一塊地

12 在改建計畫後，這房子的內部看起來**完全**不同了。

單字 interior 內部　remodeling 改建

解析 移除空格後，該句話仍為一個結構完整的句子。因此空格要填入副詞，答案為 (C)。另外補充一點，completely 用來修飾空格後方的形容詞 different。

A

ability	245
absence	186
accept	108, 140
access	169
accessible	219
accommodate	100
accordingly	184
account	242, 214
accurate	161
achieve	23
achievement	59
acquire	199
actually	126
addition	12
additional	119, 188
address	133
adjust	78
adjustment	244
admission	246
admit	174
advance	22
advantage	73
advertisement	49
advise	97
affect	49
affordable	112, 202
agency	214
agenda	27
agreement	34
aim	50
allow	157
alternative	112, 238
amenity	223
amount	246

analysis	49
anniversary	88
announce	194
annual	207
anticipate	210
apologize	134
apparently	250
applicant	10
apply	108
appoint	61
appointment	21, 140
appreciate	206, 238
approach	172, 52
appropriate	172
approve	21, 114
approximately	233
architect	221
area	206
arrange	26, 40
arrangement	101
arrive	95, 90
as soon as	90
aspect	77
assemble	64
assembly	159
assess	62
assign	170
assist	184
assistant	57
assure	150
attach	122
attempt	139
attend	20
attention	163
attract	50

attraction	100
attribute	234
audience	85
author	211
authority	184
authorize	38
available	94, 114
award	56
awards ceremony	176
aware	136

B

banquet	90
be in charge of	90
be left	16
be located	78
be seated	40
be supposed to *do*	114
behind	28
benefit	72
bid	39
bill	243
board	21, 52
book	95
bottle	40
branch	102
break	140
bridge	52
brief	24
brochure	87
budget	196

C

cabinet	16
campaign	47

cancel	98, 238	compare	113	cost	34
candidate	9, 126	compensation	137	costly	224
capable	225	competent	62	Could you...?	152
capacity	162	competition	176	counter	40
carefully	36	competitive	74	course	176
cart	28	complain	202	cover	73, 164
cater	140	complaint	136	coverage	248
cause	146	complete	132, 114	create	45
ceiling	16	completely	245	critical	248
celebrate	87, 176	complimentary	139, 214	cross	52
certainly	176	comply	213	crowded	247, 52
certificate	15	concern	231, 164	current	230
challenge	181	condition	244	currently	121
change	214	conduct	171	customer	132, 28
charge	107	conference	82		
charity	176	confident	60	**D**	
check	180	confidential	187	damage	120
check out	214	confirm	96	damaged	226
choice	99	conflict	27	deadline	169, 90
circumstance	223	connect	151	deal	109
claim	99	consider	70	decision	23
clear	245, 40	considerably	210	decrease	237, 202
clearly	146	consistently	51	dedicated	60
client	140	construction	218, 102	defective	139, 202
climb	78	consult	232	definitely	238
close	152	contact	180, 114	delay	119, 114
closely	170	contain	37	delivery	121
colleague	170	content	122	demand	47
comment	135	continually	249	demonstrate	183
commercial	220	contract	32	demonstration	176
commitment	139	contribute	187	department	168
committee	164	conveniently	224	depend	13
community	207, 250	copy	140	deposit	220
commute	225, 238	correct	135	description	163
compact	222	correspondence	174	deserve	63

despite	242	edit	164	exchange	111, 202
destination	101	effect	210	exclusive	113
detail	33	effective	47	excuse	126
determine	23	efficient	160	exercise	250
develop	159	efficiently	185	exhibition	244
devote	63	effort	196	expand	45
difference	175	either	140	expect	118, 250
different	102	electronic	226	expectation	46
difficulty	186	eligible	109	expense	95
direct	182	eliminate	246	expensive	111, 102
directly	48	emphasize	186	experience	8
disappointed	250	employee	8	expert	85
discount	107	empty	28	expire	38
discuss	22	enclose	169	explain	75
display	110, 28	encourage	73	express	120, 140
disruption	150	enhance	75	extend	197, 152
distribution	51, 202	enroll	88	extensive	148
district	221	ensure	119		
diverse	225	enter	84, 40	**F**	
Do you mind *doing*...?	152	enthusiasm	212	face	236, 16
dock	78	entirely	187	facility	156, 226
donate	213	entitle	76	factor	25
double	199	environment	211	fail	188
draft	187	equally	185	familiar	14
dramatically	236	equip	222	favorite	140
due	243	equipment	157, 64	feature	158
duration	249	especially	38, 238	feedback	134
duty	180	establish	199	field	13
		estimate	145, 202	figure	233, 126
E		evaluate	58	fill	12, 28
eager	77	exactly	110	film	102
early	56	examine	151, 16	finalize	38
earn	74	exceed	75	finally	146
easily	171	excellent	102	financial	71
economic	234	exceptional	86	find	90

finish	90	hire	8, 188	instead	144
fix	64	hold	82, 16	instruction	242
flexible	197	honor	86	intend	74
flight	90	How about *doing*...?	152	interest	106, 188
focus	48			international	176
follow	160	**I**		interrupt	147
form	132	ideal	25	intersection	52
former	36	identify	145	introduce	47
forward	35	immediately	123, 214	inventory	123
fragile	125	impact	233	invest	170
frequent	137, 214	implement	199	investment	232
fully	100	impressive	15	invoice	37
function	148	improve	158	involve	61
furniture	78	improvement	220	issue	243, 164
		in front of	52	itinerary	101
G		incentive	75		
gain	171	include	70, 152	**J**	
generally	234	inconvenience	137	join	57
generate	201	incorrect	214		
generous	211	increase	45	**K**	
gradually	249	increasingly	163	keep	133
grant	169	indicate	46	kneel	78
greatly	59	individual	212	knowledgeable	63
growth	195	industry	230		
guarantee	136	influence	76	**L**	
		inform	180	lack	15
H		informative	89	landscaping	39
handle	122, 214	ingredient	99	largely	234
handout	176	initial	161	last	20
hang	78	initiate	247	launch	161
happen	250	initiative	198	lead	21
hardly	39	innovative	160	lean	40
headquarters	61	inquire	137	lease	218, 126
heavily	173	inspection	151	leave	71, 140
highly	9	install	220, 64	legal	186

let's	152	
light	64	
likely	231	
limit	207	
line	157	
load	124, 64	
loan	245	
local	206, 126	
locate	94	
look forward to *doing*	250	

N

nearly	230
necessary	35, 164
need	44
negotiation	37
nomination	61
normally	77
note	144
notice	181, 226
notify	74
numerous	111

M

machine	16
maintenance	144, 102
make it	114
manage	171
manual	159, 188
manufacture	162
mark	172
material	158
matter	182
measure	147
meet	9
mention	164
merchandise	28
merge	201
method	109
miss	238
mistake	238
modify	100
monthly	214
move	28

O

obtain	219, 188
occasion	89
occupied	40
occupy	222
occur	233
offer	106
official	97
once	82
opening	10
operate	159
opportunity	11
oppose	195
option	36, 126
order	118, 140
organization	209
organize	86, 102
original	122, 226
otherwise	208
outdoor	40
outline	183
outstanding	58

oversee	183
overview	27
owe	247

P

pack	78
package	120
park	52
participant	83
particular	151
passenger	101, 52
pay	28
payment	33
payroll	72
perform	250
performance	56, 102
period	231
permanent	14
permission	184
permit	208
personal	123, 188
personnel	11
phase	25
pick up	78
picture	78
pile	16
place	120, 16
plant	161, 78
pleased	35
plumbing	148
point	16
policy	194
popular	95
portable	224

position	8	proposal	33, 164	recipient	87
positive	97	proposed	198	recognize	59
possible	32, 188	protect	183	recommend	243, 152
post	11	prove	162	recommendation	99
postpone	24	provide	70	record	195
potential	48, 164	proximity	222	recruit	13
pour	40	public	207	reduce	194, 226
practice	85	publish	181	reference	12
predict	231	purchase	106, 126	reflect	200
prefer	45, 140	purpose	24	refund	108
prepare	23	push	28	regarding	34
present	83, 152	put	78	registration	83
presentation	22, 114			regular	149, 238
preserve	212	**Q**		regulation	200, 226
prevent	124	qualified	11	reimbursement	76
previous	12	quality	226	reject	125
price	102	quarter	198, 102	relatively	76
prior	84	quickly	22	release	168, 164
priority	138			relevant	14
probably	223	**R**		reliable	138
procedure	197, 226	railing	64	relocate	223
proceed	246	raise	196	rely	210
process	118, 226	range	108	remain	230
product	156	rapid	235	remarkable	63
productive	226	rarely	247	remind	173
productivity	87	rate	97	remove	148, 78
professional	82	reach	197	renew	37, 188
profit	198	reach for	28	renewal	175
profitable	50	ready	114	renovate	146
progress	173	reasonable	111	rent	250
promote	208	receipt	200	repair	144, 64
promotion	46	receive	32, 102	replace	145, 114
promptly	136	recent	107	report	20, 126
properly	150	recently	56	represent	89
property	218, 250	reception	84	representative	133

reputation	27	secure	232	spread	16
request	107, 90	security	196	stable	237
require	70	seek	9	stack	64
requirement	13	select	72	stand	52
research	158	selection	113	standard	124
reservation	96	separate	124	statement	244
resident	218	separately	77	stationery	202
resolve	135	series	86	steady	235
respected	175	serve	57, 40	stock	121
respond	134	session	85	storage	221
responsibility	182	set	96	strategy	51
responsible	46, 90	set up	16	submit	168, 126
restoration	149	settle	26	subscription	49
restrict	213	several	156	substantial	235
result	44	shake	16	substitute	236
résumé	10	share	195	successful	160
retail	232	shelf	28	sudden	149
retire	59	shift	185, 164	suggest	188
retirement	126	ship	52	suggestion	24
return	132	shipment	123, 90	suitable	62
reveal	201	shop	28	summary	25
revenue	200	shortage	125	supervisor	58
review	33, 164	shortly	88	supply	34, 114
revise	36, 214	sign	64	support	72
reward	135, 188	significant	208	surprisingly	237
ride	52	similar	168	surrounding	212
routine	149	simply	98	survey	44
		slightly	112	sweep	40
		smoothly	175		
S		solution	134		
safety	157, 64	specialize	14	**T**	
sale	44	specific	26	take off	78
sample	125	specify	249	talk	16
satisfied	138	spend	202	task	181
schedule	94, 152	sponsor	176	technical	238
search	60			technology	176

temporary	147	verify	248
tenant	221	view	219
term	35	visit	114
there is/are	90	volunteer	209, 250
timely	88	vote	250
track	119, 202	voucher	202
traditional	51		
traffic	52		
transaction	112		

W

warranty	113, 202
wash	40
wear	64
wheelbarrow	64
Why don't you ...?	152
widely	236
wipe	28
work on	64
worth	226
would like to *do*	152

transfer	58, 188
transportation	96, 238
tray	40
typically	174

U

unable	98
unfortunately	214
unique	162
until	71
upcoming	84
update	238
urgent	173
usually	147
utility	224

V

vacant	211
vacation	126
valid	109
valuable	60
variety	110
various	209
vehicle	209, 52
venue	176